目次

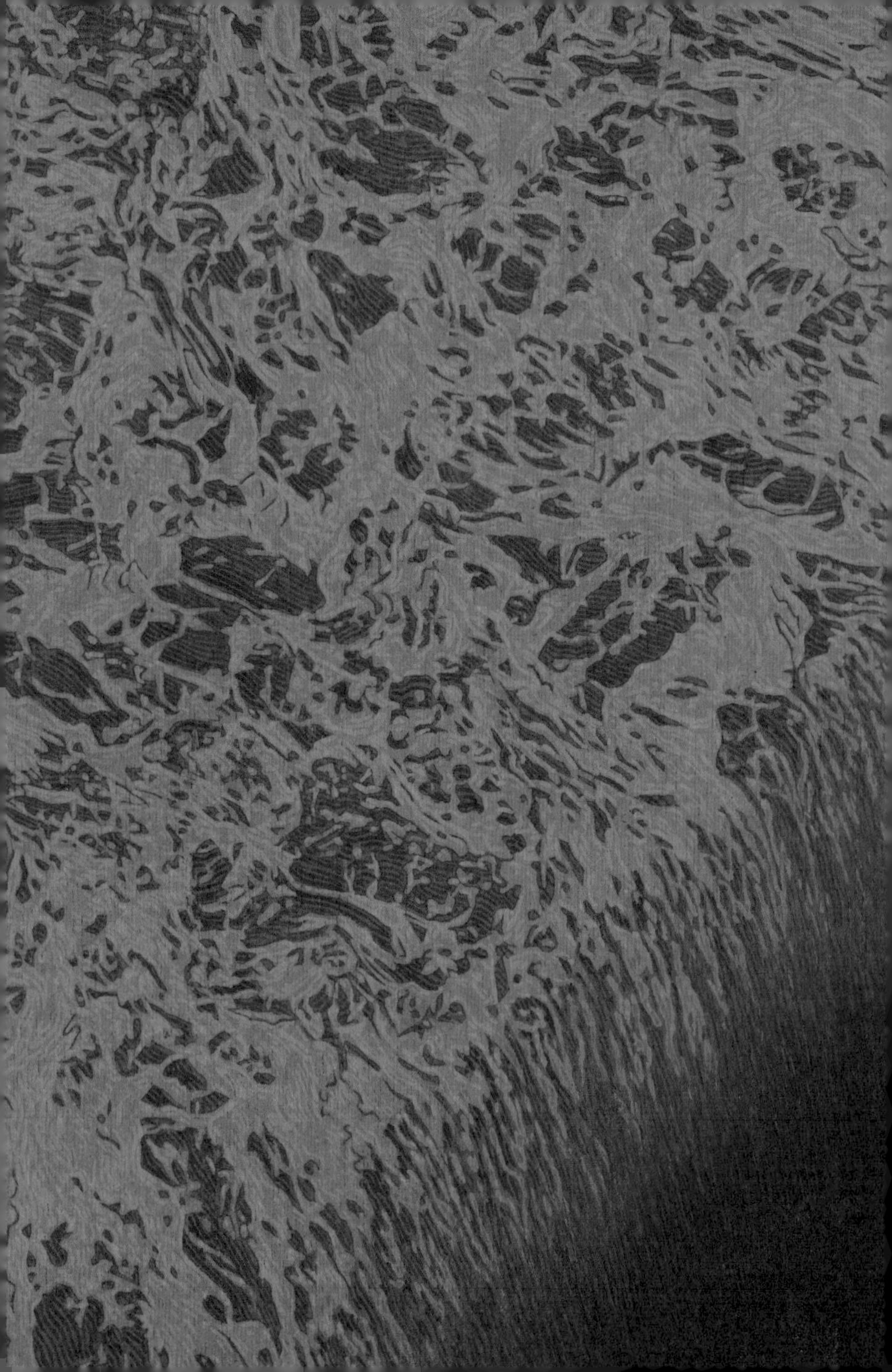

十戒

夕木春央

見よ、わたしは契約を結ぶ。
わたしは地のいずこにも、
いかなる民のうちにも、
いまだ行われたことのない不思議を、
あなたのすべての民の前に行うであろう。
あなたが共に住む民はみな、
主のわざを見るであろう。
わたしがあなたのためになそうとすることは、
恐るべきものだからである。

旧約聖書　出エジプト記　第三十四章　十節

プロローグ

島には、十一月の風が吹きつけていた。

小さな島だ。形は正円に近く、直径は三百メートルに満たない。地勢は平坦《へいたん》で、いくつかの建物と、貧弱な木々の他《ほか》、遮《さえぎ》るものはない。ただし、島の北側は、多くの場所が雑草に覆《おお》われていた。

わたしたち八人が立っているのは、東の崖際《がけぎわ》だった。

身を乗り出すと、眼下に死体が見える。うつ伏せで、背中にクロスボウの矢が刺さっている。崖は峻険《しゅんけん》で、降りることは出来ない。だから顔は分からないが、身元は明らかである。昨日までは九人だったから、欠けた一人があの死体なのだ。

もちろん、これは殺人事件だった。犯人はこの中にいる。なのに、誰も警察に通報しようとはしない。

電波が届かないのではない。ここは離島だけれども、通信状況は良好で、不自由はない。それでも、通報はしない。

島を去ろうともしない。

天気は良い。風が強すぎることもない。電波が届くのだから、スマホで電話を掛けて迎えの船を呼べば良いものを、事件のあった島に留まろうとしている。

通報することも、島を去ることも、許されてはいないのだ。禁を破れば、全員が死ぬことになる。

いつまでこの島にいればいいのか？　三日後の夜明けまでだという。

そして、何より重要なことがあった。

この島にいる間、決して殺人犯を見つけてはならない。

それが、わたしたちに課された戒律だった。

1 枝内島《えだうちじま》

一

嵐は去った。青空は底抜けに澄んでいる。海はまだ荒っぽかった。

スマホの地図アプリを見ると、現在地は、和歌山《わかやま》県の白浜《しらはま》から、沖合に五キロくらい。海の上だから、実際とは大きく誤差があってもおかしくない。電波は、今のところ問題なく届いている。

乗ったのは、年季の入った、全長十五メートルくらいの船だった。クルーザーとか呼ばれるような、行楽《こうらく》気分の船ではなくて、実用性本位の釣り船である。甲板《かんぱん》にいても、潮風の清々《すがすが》しさに混じって、海産物の生臭さがつきまとう。

この船を手配したのは、開発会社の人だそうである。確か、父がそう言っていた。

船が港を出てから、甲板の一番後ろの釣り座に、ずっと一人で膝《ひざ》を揃《そろ》えて座っている。そして、一緒に船に乗った大人たちのことはあまり気にかけないようにしようと思っていた。

彼らにも、わたしに構う暇はないだろう。この旅行では、わたしはただの添え物だった。

父と、開発会社の人が、船室から甲板にやってきた。

泊まりがけの遠出だけれども、父は普段と同じ綿のズボンにポロシャツ、白のスニーカーのラフな格好である。無精髭《ぶしょうひげ》が目立つのも、いつもと変わらない。

一方の、開発会社の担当者は、身長百九十センチに届きそうな、髪をツーブロック気味に刈った、三十代後半の活動的な印象の人である。前に家に挨拶《あいさつ》にやってきた時はスーツ姿だったけれど、今日は、流行《はや》りの作業用品店で売っている、少しおしゃれな作業着の格好だった。確か、沢村《さわむら》という名前だったと思う。

甲板の後方でぼんやりしているわたしに、父は目配せをしてみせた。

右耳からワイヤレスのイヤホンを外した。沢村さんと父は甲板の中程にいたが、二人の会話はなんとか聞き取れた。

「えっと、大室《おおむろ》さんは、島には、何年くらい行かれてないんでしたっけ？」

「もう十年近くです。僕たちはね。で、兄貴も、ここ四、五年くらいは行ってないって話でしたね。だから、どうなってるんだか結構怖いんですよ。わざわざ来てもらって、泊まれる状態じゃないかもしれないんで」

ここまでの道中も、父はそればっかり言っていた。

「いや、お気になさらず。それならそれで、今日のうちに引き返せばいいだけですから。でも、大丈夫だと思いますよ？　最悪、キャンプをするくらいの覚悟で来てますんで。

個人的には、今日のこれ、すごく楽しみにしてたんですよ。正直、こんなに面白そうな企画ってそうそう出来ないですから。ありがとうございます、ほんと」

いやいや、とんでもないですよ、と、父はぎこちなく応じる。人付き合いの上手《うま》くない父だから、腰の低い沢村さん相手にもなかなか態度の硬さが抜けないのが、身内としてはなんだか恥ずかしい。

「晴れてよかったですね。心配してたんですけど」

「いや、本当に。雨が降ってたら、島に行くのなんか、気が重くてしょうがないですからね」

ここ数日は、爆弾低気圧の影響で荒れ模様が続いていたのである。直前まで、本当に船が出せるのか危ぶまれていたのだけれど、天気は好転し、風も昨日までよりは落ち着いた。

二人は前方を向く。沢村さんは、舳先《へさき》の向こうを指差す。

「えっと、あれってことですよね？」

「ああ、そうです、そうです。あれが兄貴の島です」

会話につられて、わたしもそっと立ち上がり、前方の島影に目を凝《こ》らした。

まだ、ほんの小さくしか見えない。しかし、それが、幼《おさな》いころの記憶の枝内島の姿と一致していることは間違いなかった。

二

枝内島は、周囲一キロに満たないほんの小さな無人島である。

所有者は、わたしの伯父の、大室脩造《しゅうぞう》という人だった。

個人でひっそりWEBデザイナーをやっている父に比べて、伯父はずっと型破りな人物だった。株取引の才能があって、三十代に入ったころには、デイトレーダーとして大きな資産をつくっていた。それを使って、変わった自動車やデザイナー建築を買い漁《あさ》ったりだとか、贅沢《ぜいたく》な遊びをして暮らしていたのである。

枝内島も、伯父が手に入れた物件の一つだった。荒れていて、本土からも距離があり、全く手付かずだった無人島を購入して、大変な手間とお金をかけて家とインフラを整備し、まるごと個人の別荘にしてしまったのである。

父と、伯父とはあまり性格が合わなかったらしい。父にしてみれば、派手な成功を収めた兄に引け目を感じていただろうし、それに、独身の伯父の私生活はあまりきれいではなかったそうである。結婚して子供の出来た父と疎遠になったのは無理なかった。

とはいえ、付き合いが全く無かった訳でもなく、年に一、二度はわたしたちと会うこともあった。そして、顔を合わせた時、伯父はいつでも優しかった。

小学生のころに、伯父に誘われて何度か枝内島に行った。

島に伯父が建てた家は、ちょっとしたペンションのような、きれいな木造建築だった。そこに数泊してやったのは、釣りをしたり、星を眺《なが》めたり、花火をしたりというありきたりのことだったのだけれど、わたしの中では、幼少期の、際立って鮮明な思い出になっている。

もっとも、花火だけは、ありきたりと呼ぶのは失礼な、豪勢なものだった。周囲に気兼ねが要らないのをいいことに、ちょっとした花火大会が開けそうな、大きなのを打ち上げた。

島に行ったのは、小学六年生の時が最後だった。そのころ、兄の進学をきっかけに、家族ごと東京に引っ越したのである。

中学生になると、部活を始めて忙しくなった。片道一日がかりの島をわざわざ訪ねることはなかった。伯父に会う機会も、それまで以上に少なくなった。

そして、つい三週間前。突然、伯父は亡くなった。

北海道《ほっかいどう》で、交通事故に遭ったのだ。病院から電話が掛かってきた時、わたしたちは初めて伯父が北海道に行っていたことを知った。ここしばらくは、それくらい交流が途絶えていた。

父が現地に向かって、焼骨を済ませ、お骨を持って帰ってきた。他の家族はみな忙しく、家に残っていた。葬式も、生前の本人に不要と聞いていたので、行われずじまいである。

あまり悲しくはならなかった。最後に会ったのは随分前だったし、電話でその死を告げられただけだったから、実感が湧《わ》かなかった。遺体と対面していたなら、きっと涙が出ただろう。リビングの奥にいっとき置かれた骨壺《こつつぼ》を見ると、物寂《ものさび》しい気分にはなった。

そして、伯父の死の後始末が済んで、数日が経《た》ったころ。日陽《にちよう》観光開発という会社から、突然父に連絡があった。伯父の所有する島について、相談がしたいのだそうであった。

何でも、担当者の沢村さんは、伯父と個人的な付き合いがあって、世間話の中で、枝内島のことを聞いていたのだという。

伯父も、もう長らく島には行っていなかった。不摂生な生活で足を悪くして、わざわざ船を用意して島に渡るのが億劫《おっくう》になったのである。

それで、沢村さんは、こんなことを考えたらしい。枝内島全体を整備して、まるごと貸し出すリゾートを開業するのはどうか。

生前の伯父は、自分で通うことがなくなっても、島を手放すつもりはなかったようで、だから沢村さんは計画を胸にしまっておいて、本人に相談はしなかったらしい。

しかし、伯父の訃報《ふほう》が届いて、計画が動き始めた。

多分沢村さんは、大室家のものが故人とそれほど親密でなかったのを察していたのだろう。四十九日を待たずに突然連絡をしても、機嫌を損《そこ》ねて追い返されることはないと踏んでいたようだった。

父は、沢村さんの唐突な提案に驚いた。しかし、腹を立てることはなかった。

もちろん、これは、大室家にとっても魅力的な計画だった。もはや行くことのない無人島がお金になるのなら、ありがたいというよりない。

まずは下見をして、リゾート化の計画が現実的かどうかを検討することになった。

それからは、びっくりするほどスムーズに話が進んだ。

日程は、十一月の、三連休を控《ひか》えた木、金に決まった。泊まりがけなのは、東京からではそもそも日帰りが無理なのと、宿泊施設を始めようとしているのだから、夜間の様子も確かめておくべきだ、という判断である。

大室家では、誰がこの視察旅行に同行するか、家族会議が開かれた。

自営業で時間の融通の利く父は当然行くとして、母は、自治会の用事を放り出していくことが出来ないので、家に残ることになった。就職して三年目の兄も、突然のことで二日の有給休暇の取得は難しかったので、止《よ》さざるを得なかった。

結局、一緒についていく暇があったのは、芸大志望で浪人中の末っ子、わたししかいなかったのである。

三

島影は次第に大きくなる。沢村さんと父は、視線を前方に向けたままである。

「あと十五分くらいで着きますかね」

「はあ、そうじゃないですか？　疲れるもんですね。わざわざ来てもらってほんとに申し訳ない」

提案をしてきたのは向こうなのだから、そんなに恐縮することはないのに、と思う。

沢村さんは大げさに手のひらを振った。

「いやいやいや。それは分かって来てますから。こちらこそ、脩造さんが亡くなってすぐに、こんなお話を持ちかけてしまって良かったのかなと思っていたんですけどね。でも、あんまり待つとどんどん寒くなっちゃうし、気が急《せ》いちゃいまして」

「そうですね。今日も、晴れたのは良いけど、大分気温が下がりましたね。風が当たると応《こた》えるな」

「中に入りましょうか？」

沢村さんが労《いたわ》るように言う。

二人は出てきた狭い扉を潜って、船室に向かった。戻りざまに、父はひょいと振り返って、こちらに声をかけた。

「里英《りえ》、上にもう一枚着といたら？　寒いだろ。風邪ひくよ」

「大丈夫だって」

そっぽを向いて答える。

父が買ってくれた黄色いウインドブレーカーを持ってきているのだけれど、袖口《そでぐち》のゴムがダサいのが気に入らず、丸めて鞄《かばん》に押し込んだままにしていた。

「本当か？　気を付けな」

「うん」

「うっかり海に落ちるなよ」

「うん」

ようやく父は構うのをやめて、船室に引き返していった。

外したワイヤレスイヤホンを再び嵌《は》めた。聴いているのは、最近のアニメのオープニングやエンディングをまとめたプレイリストである。

甲板の隅《すみ》に蹲《うずくま》りながら、じわじわと、こんなことならついてくるのじゃなかったと、後悔が胸に広がっていくのを感じていた。


気分転換になるのではないか？　父はそう言った。わたしも、来る前にはそんな気がしていた。

国立芸大のデザイン科を二回受けて、駄目だった。今は、三度目の受験の準備をしている。

最近は、高校時代の友達と連絡をとるのが気まずい。予備校の人たちとは、もともとそんなに仲が良くない。

去年まではファミレスでバイトをしていた。それは楽しかったけれど、勉強が中途半端《ちゅうとはんぱ》になって浪人が長引くくらいなら止《や》めなさいと両親に言われて、今年はやっていない。

だから、ここのところ、家と予備校を往復するだけの生活が何か月も続いていた。だんだん心に鬱屈《うっくつ》したものが溜《た》まっていくのが、自分でも分かっていた。来年、無事に合格しさえすれば、環境は一変する。そんな考えに縋《すが》っていると、今度は不合格の時のことを想像するのが恐ろしくなって、叫び出したくなる。

そんな折だから、最初はこの旅行に乗り気だった。まだ、受験が差し迫っている訳ではないし、たったの一泊二日である。父と一緒というのが少し嫌だったけれど、もしかしたら、これきり枝内島を訪ねる機会は無いかもしれない。

だったら、最後に、思い出の跡地の見納めをしておきたいと思ったのだ。小さなころの、島に行く前日のワクワク感を思い出していた。少しの間だけ、現実逃避が出来るはずだった。

しかし、まだ島に着いてもいないのに、わたしはもううんざりし始めていた。

観光開発会社の人や、建設会社の人、それから不動産屋の人とは、午後二時くらいに、漁港の食堂で待ち合わせた。

日陽観光開発からは、沢村さんと、もう一人、綾川《あやかわ》さんという若い女性の研修社員が来ていた。建設会社は、草下《くさか》工務店といって、数十人規模の会社だそうである。今日は、社長の草下さんが、女性の設計士と二人で足を運んできている。

草下さんは五十過ぎの、小柄《こがら》で恰幅《かっぷく》のいいおじさんだった。設計士は、野村《のむら》さんという、茶髪で縁の鋭いスポーツグラスをかけた四十くらいのおばさんで、なんとなく気難しそうな気がしたのは、高校時代の国語の先生に似ていたからかもしれない。

不動産会社は、羽瀬蔵《はぜくら》不動産という。やはり二人が来ていた。藤原《ふじわら》さんという、三十代前半くらいの髪を明るく染めた男性と、小山内《おさない》さんという、それよりひと回り年上の男性だった。どちらも機能性重視のアウトドアウェアである。彼らが普通のサラリーマンより砕《くだ》けた雰囲気なのは、都会のマンションやアパートでなく、こういう変わった物件を扱うことが多いからなのだろうか。

あと、仕事の関係ではないそうだけれど、亡くなった伯父の友達だったという人も一人、やってきていた。

矢野口《やのぐち》さんという人で、歳《とし》は伯父と同じくらいのようだった。あんまり島に行くにはふさわしくない、海外ブランドのカジュアルスーツや高級そうな腕時計が、少し嫌味っぽかった。

しかし、車や洋服にこだわっていた伯父にも似たようなところがあったから、その友達としては、いかにもという感じもした。故人の思い出参りで、ついでに同行させて欲しい、ということだそうである。

この七人にわたしと父を加えて、視察旅行の参加者は全部で九人だった。

初対面の人もいれば、以前からの付き合いの人もいる。船に乗る前に、名刺交換だとかの挨拶があった。

わたしを除く八人の挨拶は和《なご》やかだった。視察といっても、リゾート計画が現実的かどうかは全く分からない。今日はただの下見に過ぎないし、計画が難しいと分かった時に落ち込むのもばかばかしいので、慰安《いあん》旅行のような気楽さがある。

ひととおりみんなが言葉を交《か》わしてから、父はわたしを紹介した。

「娘の里英です。いやね、出来れば家族みんなで来たかったんですが、平日ですからね。時間の取れたのが娘だけだったんですよ」

父は、娘を自慢しているのだか恥じているのだか分からない、中途半端な笑顔だった。

「こんにちは。里英です」

丁寧に頭を下げると、彼らは、おいくつですか、とか、今は何をしているんですか、とか口々に訊《き》いた。

今は十九歳で、芸大を目指して勉強中だと答えると、おおすごいですね、とか、受かるといいですね、とか、頑張ってね、とか、まるで囃《はや》し立《た》てるみたいに言って、それが済むと、すぐにまた枝内島の開発計画の話に戻ってしまった。

彼らは、わたしが芸大に合格するかどうかなんてどうだっていいし、わたしの人生にだって別に関心はない。そんな、あまりにも当たり前の事実にわたしは傷ついていた。

これから一泊二日、初対面の、別に自分に興味のない人たちと一緒に、受験の心配なんてなんでもないようなふりをして過ごさなければならない。

来る前に想像がついても良かったようなことだけれど、こうして大人たちに取り囲まれた時から、この旅行が気重になり始めたのだった。

四

島にはもう間もなく着きそうである。でも、一旦《いったん》船室に戻ろうと思った。

大人たちと顔を合わせているのは疲れるけれども、しかし、とっくに高校を卒業しているのに、子供みたいな人見知りをしていると思われるのも嫌だった。それに、父の言った通り、パーカーを羽織《はお》った上にライフジャケットという格好では、次第に寒さに耐えられなくなってきていた。

甲板の、ペンキの剝《は》げた細い扉を通ると船室である。

細長い部屋の長辺に、硬い腰掛けが向かい合わせに据えられている。みんなは、そこに出来る限り体を寛《くつろ》がせて談笑していた。

「おっ、おかえり、里英ちゃん」

社長の草下さんに、わざとらしい口調で声を掛けられた。

「外、風強いんじゃないの？」

「あ、はい。寒くなってきたから、戻ってきました」

「ああ、そうだよね。ごめんね？　せっかく来たのに、俺とかが一緒じゃねえ。むさ苦しいもんね。気楽にしててくれていいからさ」

愛想笑いをする他、どうしていいか分からない。

草下さんも、言ってしまうと、返事を待たずに不動産屋の藤原さんと世間話を始めた。

扉の近くの腰掛けに小さく座った。

向かいにいた父は、設計士の野村さんから、枝内島の地形や建物についての質問を受けているところだった。

「大きさは、外周一キロないくらいっておっしゃってましたっけ」

「えっと、そうです。そんなもんですね」

野村さんは、ぴっちりと揃えた太ももの上に、おしゃれな革カバーの手帳を広げて、えんぴつでメモをとっていた。

「島に上陸する時って、どんな風にするんです？　船着場みたいなのがある感じですか？」

「ああ、そうです。北側に一か所だけ桟橋みたいなのがあって、そこに船を着けられるようになってるんですが。

そんで、そこ以外は、みんなもう崖ですね。大体高さが八メートルか九メートルくらいです。だから、イメージ的には、瓶《びん》の蓋《ふた》が海に浮かんでるみたいな島です」

「あ、瓶の蓋って、昔のラムネの王冠みたいなの？　なるほど、分かりました。じゃあ、島の上はどんな感じですか？　――ごめんなさいね、どうせ着いたらすぐ分かるんですけど、なんか先に聞いておきたくなっちゃって」

「全然、全然、大丈夫です。地形的には大体平らですね。上から見た形も結構きれいな丸になってます。

メインの建物は、ペンションみたいな家ですね。島の南西側に建ってます。それから、結構大きい作業小屋が、島のど真ん中にあります。

あとは、一人か二人用のちっちゃいバンガローがポツポツってありますね。五つかな。そのバンガローとペンションで、作業小屋を取り囲んでるみたいなイメージですね。どこからも、海がよく見えるようにってことで」

「そうなんですか。変わってますね。お兄さんが造られたんですよね？」

「そうです。あとね、島の外周がぐるっと歩けるようになってますね。ただ、へりの方はほんとに崖なんで、お客さんに貸すんならちゃんと手摺《てす》りをつけないと危ないんじゃないかと思うんですけどね」

「なるほどですね。まあ、そういうことは見てみてゆっくり考えましょ」

「ええ、お願いします。あとね、作業小屋の下に地下室もあるんですよ。こんな離島で、よくそんなの造ったなと思うんだが――」

父はスマホを取り出し、古い枝内島の写真を野村さんに見せ始めた。

小さな画面を共有して、父が女性と顔を寄せ合っている光景が見苦しかったので、斜め向かいに視線を転じた。

不動産屋の藤原さんは、さっきから草下さんと不動産売買の話をしている。

「やっぱね、これから人口が減って土地の値段が下がるっつっても、いろいろ売り方はあると思うんすよね。

例えば、ものすごく景色が良いけど、坂が急とか、重機を入れられないとかで、建物を建てるのが難しい土地ってたくさんあるじゃないですか。魅力はあるんだけど、買い手はつかないような。それか、そういう土地を買ったはいいけど、結局、使うのが難しくて放置してる人もいるし。

でも、住めるようにしちゃえば一気に価値が跳ね上がるっすからね。そしたら売れますよ。

だから、条件の悪い土地に家を造るノウハウのある人と組んで建て売りのビジネスが出来ないかなって考えてたんすよ。草下さんのところってそういうのが得意なんじゃないですか?」

「おお、そうね。田舎《いなか》の会社だからね。そんなの結構やってるね」

「今日は、そういう勉強もする気でついてきちゃってるんです。何なら、枝内島もそういうとこですよね?」

「まあね。でもね、正直枝内島は、建物を新しく建てるってのは厳しいね。今あるものがどれだけ使えるかだな。資材運ぶのが大変すぎて」

彼らは、そばで話を聞いているわたしが、枝内島に思い入れを持っていることは忘れているみたいだった。島が商品と見做《みな》されていることがはっきり分かると、物寂しさはつのった。

今度は、草下さんと藤原さんの向かいに目を向けた。もう一人の不動産屋、小山内さんと、伯父の友達の矢野口さんが座っていた。

矢野口さんは、嵌めていた腕時計を小山内さんに見せているところだった。

「それ、いつ買ったんですか？」

「もう十年前だねえ。そのころはまだそんな値段でもなかったがね。ここ数年で一気に値上がりして、しかも最近の円安でちょっとした財産になってくれてね。こういう時だからありがたい」

「うわ、羨《うらや》ましい。私らが、不動産を使ってどうにかちょっとでも利益を出そうとしてるのがばかばかしくなるじゃないですか」

「いや、それだって大したことだよ。俺には出来ないし」

この二人は、初対面と言っていたと思う。それにしては、下品な会話が嚙《か》み合《あ》っていて、おだてあいにわざとらしさを感じた。

どこを向いても、自分とは無関係のことばかり話している。

眠たくなったふりをしながら、膝に両手を揃えてうつむいた。そのまま、島に着くまでの時間をやりすごそうと思った。

しかし、隣から視線を感じて、頭を上げた。

こちらの様子を窺《うかが》っていたのは、日陽観光開発の研修社員、綾川さんだった。

カジュアルな綿のパンツに、水玉柄《みずたまがら》のアウトドアジャケットを着た彼女は、わたしと同じく少し居心地悪そうに、縮こまるようにして座っていた。

「あ、ごめんね」

視線に気づいたわたしに、綾川さんは笑いかけた。

仕事で集まった大人たちの中で、彼女だけはずっと、会話に加わらずに静かにしていた。緊張しているようにも見えた。研修社員だというから、当たり前かもしれない。

「里英さんは、枝内島に行くのはいつぶりなんですか？」

甲板で、沢村さんが父に訊いていたのと同じことを訊かれた。綾川さんは、さっきから話しかけるタイミングを見計らっていたようだった。

「小学六年の時に行ったのが最後です」

「そっか。久しぶりなんですね。楽しみですか？」

「いや、あんまり。ですけど、一応、最後にどんなとこだったか見ておきたいなって」

「島がホテルになったりするのは、どうですか？　さみしい？　それか、面白いと思いますか？」

「えっと、正直わたしはどうでもいいです。よく分からないから」

そう答えて、すぐに自分の無愛想《ぶあいそう》さが嫌になった。

だから、取《と》り繕《つくろ》うように問い返した。

「綾川さんは、こんなところまで来るのは大変じゃないですか？　泊まりがけだし」

「それは、仕事ですから。もともとアウトドアは好きだから、別に嫌じゃないんですよ。今日はね、本当は来る予定じゃなかったんですけど、沢村さんに、ちょっとメンバーのバランスが悪いから一緒に来て欲しいって言われたんです。

面白そうなところだし、いい経験かなって思ってます」

はにかんで見せる綾川さんの顔を見ていると、恥ずかしさがこみ上げてきた。

メンバーのバランスが悪いから、一緒に来て欲しいと頼まれた、と綾川さんは言う。でも、別に不動産の視察旅行の男女比を調整する必要はないだろう。

要するに、彼女は、お守り役としてやってきたのだ。父が頼んだのか、それとも沢村さんの方で気を回したのかは分からないけれど、わたしが参加することになったので、なるべく歳の近い女性が同行するように配慮したのだろう。

もう十九歳である。一応、成人ということになっている。なのに、わたしは小学生相手みたいな気遣《きづか》いを受けている。

情けなくなった。だからといって、不機嫌になったりいじけたりしている訳にもいかない。ともかく、この綾川さんと、明日まで円満に過ごさなければならないのだろう。

「私、芸術とか全然なんですけど、芸大って、倍率すごいって言いますよね。入るのめちゃくちゃ難しいって。あ、こういう話ってしても大丈夫？　ごめんね、無神経で」

「いや、別にいいんですけど。入れるかは正直分かんないです」

それからも綾川さんは、予備校は楽しいか、とか、どうして芸大に入りたいのか、とか、ありきたりのことを訊いた。

訊かれても困る。初対面の人向けの返事の用意はあるけども、それを口にするのにはうんざりしていた。

かといって、本当のことを言っても始まらない。もともとはアニメが好きで、その方面の専門学校に行こうかと思っていたけれど、父が四年制の大学に行くことを望んだこと。自分も、なんとなく芸大というのに憧《あこが》れがあって、そこで進学を目指そうと思い立ったこと。そんな話をしても仕方がないのだ。

「——なんか、すいません。一泊二日のことなのに、気を遣わせちゃって」

どうせ明日までの付き合いなのに、打ち解けたふりをしたって不毛なだけだ。

しかし、綾川さんは急に真顔になった。

「どうかな？　別に今日と明日だけのことって決まってないよね」

「はい？」

「だってさ、確かに、明日でお別れして二度と会わないのが分かってるなら、つまんない世間話をしたって仕方ないんだけどね。

もちろん、たまたま一緒になっただけの人って、大抵それっきりになるんだけど、たまにそうじゃないこともあるからさ。だから、私、そうかもしれないってつもりで喋《しゃべ》るようにはしてるんだ。まだ、私も里英さんのこと何にも知らない訳だから、どうなるかなんて分からないから。

ごめんね？　私がちゃんとコミュ力高かったら、もっと自然な感じで面白い話が出来るんだけど」

当《あ》たり障《さわ》りのない話をしていた綾川さんが、いきなり人付き合いの戦略をぶっちゃけたのには面食らった。

それは世間話を適当にやり過ごそうとしたわたしのずるさを優しくたしなめる言葉だった。大人たちがいろいろ気配りをしてくれるのをお節介《せっかい》と思っていながらも、放っておかれるのは嫌で、彼らに理解されることを期待しているのがわたしだった。

つくづく自分の幼さが嫌になるけれども、こう言ってくれた以上は、綾川さんの親切に甘えることにしよう。そういう気になった。

「――正直、予備校、全然楽しくないです。周りも年下が多くなってきて、話が合う人もいないし」

「そっか。まあ、受験だもんね。みんなピリピリしてるだろうしね」

綾川さんは、そういう話が聞きたかった、とばかりに頷《うなず》く。

当たり障りのない言い方をしたけれども、本当の状況はもう少し悪い。

去年の、一浪のわたしは、予備校の講師から一番評価が高く、合格するならまず大室だろうと言われていた。自分でもそんな気になって、周りの生徒に偉そうにアドバイスをした。

いざ受験すると、見事に落ちた。高倍率の入試なのだから、そりゃもちろん二回受けて駄目なこともあると思うよりないのだけれども、しかし偉そうにアドバイスをした生徒たちからは、何人か合格者が出た。

自分が落ちるかもしれないことは重々承知していたけれど、自分が落ちて他の人が合格することは想像していなかった。みんなの制作のレベルを見て、そんなことは起こらないと決め付けていた。周りの生徒よりも、自分の方が優れていることだけは疑わなかった。

どうせなら、わたし以外の全員が合格してしまえば良かったのだけれど、もちろんそんなことは起こらない。芸大の予備校なんてのはどこにでもあるものではないから、今年度から別のところに通う訳にもいかない。わたしが、講師におだてられ、調子に乗り、偉そうに振る舞い、落第して鼻っ柱を叩《たた》き折《お》られるまでの一連の経緯を眺めてきた何人かの浪人生と一緒に、予備校に通い続けている。

本音の一端を明かしてしまうと、急に落ち着かなくなった。そんな事情を、綾川さんに話したくなった。けれども、船室の他の人たちに聞かれるのは嫌だし、まだ挨拶が済んだばかりである。

一泊二日なのだし、どこかで、綾川さんに話すことは出来るだろう。気の利いた返事は期待していないし、何の解決にもならないけれど、真剣に聞いてくれそうではある。

やることのなさそうな旅行に、ささやかな目的が出来たのが嬉《うれ》しかった。

やがて、エンジン音が低まって、船が減速するのが分かった。

船長が船室にやってきた。

「お客さん方、もうすぐそこだよ。桟橋にすぐのとこまで来てる」

「あ、はい、はい。ありがとうございます」

父が立ち上がると、みんなも身辺を整え始めた。もう目前だという枝内島を見に、ゾロゾロと甲板へ向かう。

綾川さんと一緒に、一番最後に船室を出た。

五

船が桟橋にじりじりと近寄ってゆくと、めまいがするほどの強烈な郷愁に襲われた。

海は青黒く、荒っぽい。枝内島の切り立った断崖《だんがい》がすぐ目の前に見える。

断崖は一か所だけなだらかになっていて、そこから海に桟橋が突き出している。

全《すべ》て、幼い時に見たままだった。ただし、丸木を並べた桟橋だけは腐食が進行し、黒ずんでいた。

懐《なつ》かしさとともに、実感の湧かなかった伯父の死が急に悲しくなった。

「結構大きめの船でもつけられるんですね？」

沢村さんが、エンジン音にかき消されない大声で父に言う。

「はい。水深は結構ありますからね。まあここに来たとしてせいぜい二十人くらいだろうし、それくらいの船なら全然問題ないです」

「工事の時、いろいろ運べた方が良いですから、ありがたいですね。まあ、重機を入れるとかになったら分からないですけど、最低限の資材を運ぶのは大丈夫そうですね？」

「うん、そうね」

手摺りから身を乗り出して、断崖の様子を眺める草下さんが相槌《あいづち》を打った。

桟橋の側面には、ボロボロのゴムタイヤがくくりつけてある。釣り船は慎重にそこに横付けされた。

細いタラップが桟橋に下ろされる。

「うっし。はい、どうぞ。気をつけて」

船長に促《うなが》され、わたしたちは一人ずつ、慎重に桟橋へ降りた。

タラップはたわんで、冷や汗をかいた。うっかり落ちればことである。子供のころ、ここの海は危ないぞ、と伯父にさんざん脅かされた記憶が蘇《よみがえ》った。潮の流れが速く、絶対に泳いではいけないのだという。そうでなくとも今は十一月だから、水温も低いし、危険である。

沢村さんは特に大荷物だった。全員分の食料や水を持ってきていたからで、彼は二つの大きな保冷バッグと、天然水のペットボトルの入ったリュックサックを、綾川さんに手伝わせながら運んだ。

父は、二十リットルのガソリン携行缶を持っている。発電機を動かすのに使うのである。

全員が船を降り、ライフジャケットを返却した。船長は大声で言った。

「で、明日は？　昼ぐらいに来れば良いんだっけ？」

「ああ、ええっと――」

沢村さんはスマホを取り出した。わたしもつられてジーンズのポケットをさぐる。

「――昼ぐらいなんですけど、明日の朝に電話するんで、その時に正確な時間を伝えても良いですか？」

「良いよ。明日、電話ね。了解。今日はね、予約入ってるから、何かあっても夕方になっちゃったらもう来れないからね？　気いつけてよ。じゃあ」

ありがとうございます、とみんなは口々にお礼を言い、離岸する船を見送った。

桟橋を渡り終えた先の地面はぬかるんでいた。昨日までの大荒れで、波をかぶったせいらしい。

みんな、乾いていそうなところを選んで歩を進める。が、矢野口さんが泥に足を取られた。パシャ、と音がしたので、全員の視線がそちらに集まった。

「うわっ。あちゃあ。汚れたな」

「あ、大丈夫ですか？　すみませんね。地面悪くて」

なぜか父が詫《わ》びる。

「いや、平気。そりゃ、濡《ぬ》れてることもあるわなあ」

泥に浸《つ》かったのは高価そうな黒のスニーカーだったけれども、矢野口さんはさして気にかける様子はなかった。

ここは、島の北端に当たる。

「ちょっと心配してたんですけど、電波、全然問題ないですね。ネット使えないと、お客さん泊めるのは難しいですからね。まあ、最近は衛星のやつとかも出てきたから、なんとかなるっちゃなるんですけど」

沢村さんは、誰にともなく言う。みんなも、各々のスマホを確認する。

離島ではあるけれども、わたしのスマホも電波状況は良好だった。昔来た時は、父や伯父は電波が繋《つな》がりにくいと言って、携帯を片手に島をうろうろしていたから、この数年で基地局が増えたか、それにまつわる機器の性能が良くなったのだろう。

桟橋から続く斜面を上り切ると、周囲一キロに満たない島の全容は手に取るように分かる。

さっき父が野村さんに説明していた通り、島はきれいな円形で、桟橋に出る斜面を除いて地面は平坦である。島の中央には作業小屋があって、そこから放射状に並べたように、居住用の建物が配置されている。

坂を上がってすぐのところにあるのは、十五平米くらいの小さなバンガローである。水まわりのない、寝るためだけの小屋だった。

それと同じつくりのものが、他にも四つある。島をコンパスに見立てて、南西にあるのが、メインの別荘である。

所々に、石榴《ざくろ》やびわなどの木が植えられている。長らく放っておかれていたのだし、豊かな土地ではないから、木々は枯れかかっている。

島の中央を眺めると、幼いころに駆け回って遊んだ地面は、ススキやオオブタクサに覆われていた。

百六十センチのわたしの身長を超える高さである。束《たば》ねられているみたいに密集して生い茂り、踏み入ることも出来ない。

昔はそんなもの、影もかたちもなかったのに、いつの間に入り込んだのだろう。伯父が島に来なくなってからの数年のうちにこれだけ大繁殖したのだから大した生命力である。

わたしたち九人は、しばしそこに立ち尽くして、枝内島の現状をじっくりと眺めた。

「荒れたなあ。分かっちゃいたけど――」

父はスニーカーの裏でオオブタクサの茎を押し倒しながらぼやいた。

「――よくまあ、こんなに生《は》えたなあ。兄貴が来てた頃は、几帳面に草取りしてたから、綺麗なもんだったんですが。なのに、いつの間にかこんなに根を張っちゃってる」

「いや、でも雑草くらいなら別に良いけどね。厄介だけど刈っちゃえば済むし。生えてこないようにする方法はいろいろあるし」

草下さんはそう言うと、バンガローに近づき、外壁を検分した。

「これ、結構良い材料使ってるねえ。輸入材だよ。流石《さすが》だね。なるべくそのままにしなきゃもったいないな」

伯父は、建材に南米産の高級な材料を使ったことを自慢にしていた。

建物は、くすんではいたけれども、傷んでいる感じはしない。高圧洗浄でもすれば、すぐにきれいになりそうである。

「あの、どうします？　とりあえず荷物を置きますか？」

「そうですね。それから島全体を見せてもらいましょう。急がないと、すぐ暗くなっちゃいますんでね」

父と沢村さんが話を決めた。

島の外周部分には、線路の枕木《まくらぎ》のように、板材をぐるりと敷き詰めて遊歩道にしてある。もっとも、板材はほとんど土に埋もれていた。ここには、雑草の繁殖は及んでいない。確か、伯父が草除《よ》けの処置をしたのだと聞いた覚えがある。

北側から、島の外周を西側に歩いて、メインの別荘へと向かう。雑草のせいで、島の真ん中を突っ切っていく訳にはいかない。

隣の綾川さんは、沢村さんに託された保冷バッグを重たそうに抱《かか》えている。

「あの、それ、持ちますか？」

「いや？　いいよ。もうすぐだし。ありがとね」

確かに、もう別荘は目前だった。声をかけるならもっと早くするべきだ。下手な気遣いをしたのが恥ずかしくなる。

南の海側を向いた、別荘の玄関に辿《たど》りついた。

父は、ペンションのような建物と呼んでいた。確かに、何となくバブルのころのような雰囲気のある、装飾がゴテゴテした感じのする別荘である。建材はやはり堅い南米の木で、山吹色の外壁の塗装は所々剝がれていた。

「中に入っちゃってもいいけど、先に、島を一回りしてみます？」

父の提案に従い、みんなは玄関ポーチに荷物を下ろした。

身軽になった状態で、外周の遊歩道を北側に進んでゆく。

藤原さんは、遊歩道から断崖の方に身を乗り出し、眼下を眺めた。

「うわ、これは落ちたらヤバいわ。営業するなら手摺り必須っすね」

崖下までは九メートルくらい。波が打ち付けているところもあるし、険《けわ》しい岩場が剝《む》き出《だ》しになっているところもある。落ちたらただではすまないのは間違いない。

この崖のせいで、小学校低学年くらいのころは島には連れてこられなかった、と父に言われたことがある。不用意に崖に近寄らない分別がないと、危なくて目を離せないというのである。

思い返せば、小学校高学年でも十分に危険だったのではないだろうか。周囲に誰もいない時に、わたしは両足をぶら下げるように崖際に腰掛けて、海を眺めたりしていたものだった。

今となっては、どうしてそんな怖いことが出来たのか不思議である。幼かったから、危険に対する感覚が十分に成長していなかったのだろうか。

「島を丸ごと柵《さく》で囲わなきゃいけない訳ですね。大変だなあ。今のところ、一番予算がかかりそうですね」

「うん、でもね、柵は安く上げる方法もあるよ。コンクリ打たないで、地面にパイプを打ち込むのとかね。重機も要らないし。あんまり長くは保《も》たないけど、どうせ潮風ですぐ傷むから、そんなんでいいんじゃない？　まあ、土の具合で出来ないこともあるから、調べてみないと駄目だけど」

草下さんは沢村さんにそう応じた。

いくら歩いても、右側の海の景色は変わらない。左側には、進むごとに、桟橋の近くのと同じ、雨戸の閉まったバンガローが現れる。

桟橋と反対の、南側から島を見ると、こちらにはあまり雑草の被害は及んでいなかった。もともと、畑や花壇だった場所は荒れ放題になっていたけれど、それ以外の場所にはやはり草除けをしてあったのだろうか。島の中央の作業小屋は、所々に群生する雑草や木々、バンガローによって見え隠れする。

前を歩いていた野村さんが、地面に突き出した木の根を指差し、わたしに言った。

「そこ危ないですからね。気をつけて下さい」

思わずムッとする。そこに木の根があることはわたしの方がよく知っている。引っ掛かって転んだのも、一度や二度ではない。

先頭を歩いていたのは矢野口さんだった。あたりを見回す目つきも、勝手を知っているような様子である。

「えっと、矢野口さんは、ここに来たことがあるんでしたっけ？」

気になったことを、沢村さんが代わりに訊いてくれた。

「え？　うん、まあ。もう何年も前だけど。脩造君が元気だったころだからね。あんまり変わんないもんだねえ」

そうだろうか？　それはもちろん、島の形は同じだろうけれども、雑草の伸《の》び放題になったこの様子を見て、あんまり変わってないというのもしっくりこない。

歩を進めながら、沢村さんは営業的な調子で言った。

「しかし、景色は本当にすごいですね。これなら、多少不便でもお客呼べそうですよ。浜辺がなくて、海なのに泳いだり出来ないっていうのが、少し残念ですかね」

「そうですねえ。ここ、泳ぐのは駄目なんですよ。この辺の海、本当に危なくて、所有者が兄貴になる前の話なんですが、キャンプしにやってきた大学生が、ちょっと海に入って、あっという間に流されて溺《おぼ》れちゃったとかで。真夏の、天気いい時の話だそうですよ」

父は、島を売り込むのにはしなくても良さそうな話をする。

「怖いね。俺なんか、そもそもプールも怖くて入れないくらいだから関係ないけど」

「私も、昔から海は怖くて入れないですね。湖だとかならまだいいんですけど、波が苦手で」

草下さんと野村さんが口々に言った。

わたしも泳ぐのは苦手である。そんな話をしてから海に囲まれた周囲を眺めると、急に閉じ込められたかのような不安がよぎった。

十五分あまりで、島を一周し終えた。再び、別荘の玄関ポーチに戻ってきた。

時刻は、午後四時を過ぎたところだった。あと一時間もすれば日が沈む。

「じゃあ、そろそろ入りましょうか。もし発電機が壊れてたら、夜はちょっと大変ですんで。明るいうちにやることをやっちゃった方がいいですから」

父は、伯父の家から持ち出してきた鍵《かぎ》で玄関を開けた。

入ると、建材とカビの匂《にお》いがする。この匂いは、昔と何も変わらなかった。

玄関ホールは広い。吹き抜けになっていて、すぐ右手に階段がある。正面には廊下が延びていて、左側には、広い応接室の扉がある。

離島の別荘に応接室なんて要らないと思うけれども、伯父は古式ゆかしい邸宅の形式にこだわったようである。

「ここはですね、一応洋式ってことで、土足になってます。だから、泥を落としてもらえれば、そのままあがっちゃって大丈夫なんですけど、一応スリッパもありますんで。足が疲れてる方は、良かったら使って下さい」

父は、スタンドに立ててあったスリッパを、みんなの前に並べた。

五足だけで、全員が使うには足りなかった。

とりあえず、わたしと野村さんが靴を履き替えた。桟橋の近くでスニーカーを汚してしまっていた矢野口さんもそれを借りた。

少し譲り合いがあった。草下さんは、履き慣れた地下足袋のままでいいという。小山内さん、藤原さん、綾川さんも遠慮したので、沢村さんと、父が残る二足を使うことになった。

みんな、お邪魔します、と律儀に断って玄関ホールに入った。

「あの、発電機を見てきますんで、ちょっと応接室で寛いどいてもらってもいいです？　あ、でも、暗いからな。どうしよう」

「私らで雨戸を開けときますよ。ついでに、他の部屋のも」

小山内さんが言う。

「え、いや、お疲れなのに申し訳ない。それに、ここの雨戸、ちょっと開け方がややこしいんですよ。右上のところに金具があって——」

「いやいやいや、大丈夫です。分かりますって。不動産屋ですから」

それはそうだろう。父も、気遣いが上手くない。

不動産屋の二人は、返事を待たずに早速応接室へと向かう。彼らの背中に父は言った。

「すいませんね。じゃあ、お願いします。——里英、一緒に来て。発電機動かすから」

「うん」

ガソリンの缶を抱える父と一緒に、廊下を別荘の奥へ進んだ。

小山内さんと藤原さんは、応接室を済ませてしまうと、雨戸を開けに、他の部屋を巡り始めたようだった。他のみんなは、応接室に入っていった。

発電機の部屋があるのは、裏口のすぐそばの、キッチンの向かいで、洗濯室を兼ねている。四畳半くらいの広さに、洗濯機と発電機が押し込まれている。

入るなり、妙なものが目に入った。

ガソリン携行缶である。二十リットルのものが三つ、部屋の真ん中に無造作に置かれていた。揺すってみると、缶はどれも満タンだった。

「これ、伯父さんが置いてったやつ？」

「そりゃ、そうだろ？　でも、おかしいな。あいつ、こんなとこに置いていくかな」

伯父は、島を去る時には一通り片付けをしていく習慣だったから、こんな風に缶を出しっぱなしにしているのは珍しい。

「急いで帰んなきゃいけなかったんじゃない？　そんで忘れてったんじゃないの」

「まあね、なんかあったんだろ。流石にこれは使わない方がいいか。古くなってるだろうし。兄貴が最後にここに来たのが五年前とかだからなあ」

しかし、それにしては、三つの缶はきれいすぎるのではないか？　さして埃《ほこり》が積もっているでもない。

部屋の奥を見ると、非常用らしい缶詰のガソリンも備えてあった。

父はそれ以上は気にかけることもなく、発電機の給油口のキャップを開けた。

「ほら里英、これ手伝って。これ持ってるから、ノズルをさ、そこに挿して」

父の指示に従い、給油のアシストをする。

済むと、父は燃料コックを開け、始動スイッチを入れた。聞き覚えのあるエンジン音が響く。

「おっ、動くか。良かった。まあ、発電機なんてそんな簡単には壊れんよなあ――」

作動を確認すると、父は、扉の上の分電盤のカバーを開く。ブレーカーのスイッチが並んでいる。

「これって、どれを上げたらいいんだっけ？　里英、覚えてる？」

「分かんない。とりあえず全部上げといていいんじゃない」

別荘だけでなく、太いケーブルを地面に這《は》わせて、五つのバンガローや作業小屋の電気も全てこの発電機で賄っているのである。

父は、盤上に並んだスイッチを全部オンにした。

すぐに、隣のトイレの換気扇の回る音が聞こえ始めた。

「よし、オッケー。いやあ、良かった。こんなにお客さん来て、電気使えないんじゃまずかった。沢村さんはそれでも大丈夫だって言うけど、流石にねえ」

洗濯室の雨戸を開けながら、父はそんなことを言った。

それから、水道の栓を開けたりだとかの仕事を済ませると、父と連れ立って、応接室の方に引き返した。


応接室には、L字型のソファと、大きなテレビが置かれている。実質的にはリビングである。壁にはガラス扉の重たいキャビネットが並べられ、伯父が集めた珍しい鉱石や昆虫の標本が納められている。

部屋には、不動産屋の藤原さんと小山内さん以外の五人が、ソファには座らずにわたしたちを待っていた。

雨戸は開かれ、室内には西日が差し込んでいる。十分に明るいけれども、父は照明のスイッチを入れ、電気が使えるようになったことを示した。天井の、古風な燭台《しょくだい》のようなデザインのライトが灯《とも》る。

「発電機、動きました。結構パワーあるから、そんなにストレスなく使えると思いますよ」

「ガソリンのなんだよね？　燃料運ぶの大変だから、ソーラーのやつを入れたらとか思ってたけど、まあ、たまにしか使わないならとりあえずはそのままでもいいかもね」

草下さんが言うと、野村さんが質問を重ねた。

「あの、こちらって、水道はどうしてるんでしたっけ？　掘っても塩水しか出なそうですよね」

「ああ、えっとね、海水を濾過《ろか》するのがありまして。それで、普通に使うのに十分なくらいは真水が作れるんですよ。それと、雨水のタンクもあります。電源が入ったばっかかだから、まだすぐには出ないですけど。風呂《ふろ》も沸かせます。もし良かったら、今日使っていただいてもいいですよ」

父は妙に営業口調である。

他のみんなも、父の話を商業的な笑みを浮かべて聞いていた。

「あの、そういえば、藤原さんと小山内さんは？」

「ああ、まだ二人で雨戸を開けて回ってますよ」

沢村さんがそう答えると、父は落ち着かない気配を見せた。

しばらく来なかった場所だし、伯父は型破りな人だったから、どこかの部屋から思いがけない品物が出てきやしないかと心配しているのだ。

ちょうど不動産屋の二人が応接室に戻ってきた。

「ああ、大室さん、一階の雨戸は開けときましたよ。すごくいい建築ですね、ここ。傷んでる感じは全然しないですよ」

設計士の野村さんは、小山内さんに同調する。

「ええ、ほんと。リフォームも要らなそうだし。これじゃ、私のやることないかもしれないですね。

営業するなら、ここをメインにお客さんに使ってもらう訳ですよね。間取りを見せてもらってもいいですか？　何人くらい泊まれるんでしょう？」

「ああ、はい。じゃあ、案内しましょうか。今晩はここに泊まっていただく訳ですし」

父に続いて、みんなは廊下に出た。

応接室の向かいにあるのは、伯父の部屋だった。

入るとすぐに目につくのは、正面の棚にずらりと並べられたワインやウイスキーの瓶である。本宅には、もっとすごいお酒のコレクションがあったのだけれど、その一部を、島に持ってきていたのだ。

ここは温度や湿度の管理が出来ないから、お酒を保管するのには向かない。何年も放《ほ》ったらかしなら、お酒は傷んでしまっているかもしれない。

ドアには、山岳写真のカレンダーが留めてあった。五年前の七月のものである。

それから、右側の壁には、斧《おの》や模造刀などの物騒《ぶっそう》な道具が飾られている。翻訳の小説が数十冊も並べられた棚もある。

「お兄さん、多趣味な方だったんですね」

野村さんに言われ、父は頷く。

「そうですね。まあ、金があったから、いろんなことに手を出してたみたいで。にしても、こういう武器を集めたがるのは、子供みたいで僕はどうかと思ったけど。なんか、他にもいろいろ持ってましたね」

父は、斧の下に置かれたコンテナボックスを開いた。

出てきたのは、迷彩柄のクロスボウだった。

「――そう、こんなもんも持ってたな。何に使うんだって気がしますけど。野鳥でも狩ってたのかな」

「あ！　それ、まずいっすよ」

クロスボウを見るなり藤原さんが頓狂《とんきょう》な声を上げ、わたしたちはビクリとした。

「まずいって？」

「ボウガンって、ちょっと前に規制されたんですよ。事件がいろいろあったから。今はもう、単純所持が違法になってるはずっすよ」

「え？」

父は知らなかったらしい。

わたしも初耳だった。クロスボウなんて、わたしの人生には全く関係がない。

「持ってるのがバレたらまずいってことです？」

「いや、お兄さんの遺品な訳だから、別に大室さんが責められるってこともないと思いますけど。でも、許可証なしで持ってたらまずいのは確かっすよ」

もちろん、伯父の遺族が責任を問われるようなことにはならないとは思う。伯父にしても、足を悪くして、規制がかかるまでにクロスボウを処分する機会はなかったのだし、誰が悪いのでもない。

父はスマホで『クロスボウ　規制』と検索し、藤原さんの言うことを確かめた。

「本当だ。期限までに処分しなきゃいけなかったんだな」

ううむ、と唸《うな》って、父はコンテナにクロスボウを放り込んだ。

コンテナには、一ダースあまりのカーボン製の矢も揃っていた。

こんなものは、規制されて然《しか》るべきだ。切っ先の鋭さを見て、そう思った。ピストルと変わらない。撃たれたらひとたまりもないだろう。

父は、見なかったことにしよう、とばかりにコンテナの蓋を閉めた。どうやって処分するか、悩むのは後回しにしたようである。

伯父の部屋を出ると、気を取り直して、応接室の隣の食堂に向かった。

カフェみたいに、四人がけの丸テーブルを四つ並べた食堂である。海側に向かって、大きな掃き出し窓があって、その先はテラスになっている。そこにも、据え付けのテーブルとベンチが用意されていた。

天井は高く、掃き出し窓のサッシの上には、古風なステンドグラスが嵌め込まれていた。

「ほんと、いいとこですね。造りもしっかりしてますしね。島って潮風が当たるし、風も強いから建物がすぐ傷んじゃうんですけど、この感じなら、まだ五十年くらいは使えるんじゃありません？」

野村さんは掃き出し窓のそばの柱をさする。

父は、思い出したように、膝を叩いた。

「あ、そうだそうだ、沢村さん、発電機動かしたんで、冷蔵庫使えますよ」

「ああ！　はい。助かります。使わせてもらいます。綾川さん、一緒に来て」

二人は応接室に戻って、持ってきた食料の保冷バッグと、飲料水のペットボトルのリュックサックを抱えてきた。

食堂に入って右側に、キッチンに通じるドアがある。父がそれを開け、荷物を持った二人を通した。他のみんなも、続いてキッチンに入った。

「おお、広いなあ。流石に」

沢村さんが呟《つぶや》く。

室内は十畳くらい。赤黒い木材を組んだ上に、特注のシンクやガスコンロを嵌め込んだアイランドキッチンである。壁際には、七百リットルのと、三百五十リットルの二つの冷蔵庫が置かれている。後は、トースターと電子レンジの載った台があって、すりガラスの嵌まった食器棚には、アンティークの高級な食器セットが揃っていた。

冷蔵庫のプラグをコンセントに挿すと、沢村さんと綾川さんは、スーパーのおにぎりや惣菜《そうざい》パン、お弁当やデザートを入れた。一泊二日でも、九人分となるとなかなかの量である。

父はキッチンの水道のレバーを持ち上げた。水道管は腹痛を起こしたような、ギュルギュルという音を立てた。そして、水が勢いよく飛び出した。

「あ、出た出た。この水もね、ちゃんと飲めるレベルまで濾過されるようになってるんですよ。でも、浄水器は五年もメンテしてないから、飲むのはやめといた方がいいですかね。せっかく、水も持ってきていただいてますし」

五年もメンテナンスをしていない？

次第に、違和感が膨《ふく》らみつつあった。

伯父が最後にこの島に来たのが五年くらい前のことで、それ以来ここは放っておかれていたのだと聞いている。

しかし、それにしては、洗濯室に、そんなに古くもなさそうなガソリンが放り出されていた。それに——

「お父さん、やっぱなんかおかしくない？　伯父さんって、こういうのちゃんと片付けてた気がする」

そう言って、調理台の上を指差した。

そこには、パスタソースや煮魚の空き缶が放り出してあった。缶は洗われておらず、乾いた汁がこびりついている。

「誰か来てたんじゃないのかねえ？　脩造君に管理を頼まれてさ。こんだけの別荘だから、放っとくのも心配でしょ」

矢野口さんは、何のこともない、とばかりに言った。

言われてみれば、これだけ手を掛けた島だから、誰かに管理を託したというのももっともな話である。そのことを、伯父がわざわざ父に言わなかったとしても不思議はない。

だが、管理人が、こんな風にずぼらにごみを放り出していったりするだろうか？　それとも、伯父は足が悪くてどうせ島には来ないから見つからないと思っていたのだろうか。

冷蔵庫の隣のゴミ箱を開けてみた。ほんのり悪臭がして、中には惣菜や菓子パンなどの汚れた包みが詰め込まれていた。

誰のものだか分からないごみが汚らしくて、慌てて蓋を閉めた。

キッチンの一番奥には、食料棚がある。

父は棚の引き戸を開け、中身を調理台に出した。缶詰、レトルトのカレーやシチュー、白米などの食品が大量に保管されていた。

父はパッケージの賞味期限を確かめる。

「あんま古くないな。兄貴のじゃないんだ」

わたしも、二合入りの白米の袋を手に取ってみた。それは今年精米されたものだった。

次第に、取り出される品々と一緒に、食料棚から不穏な気配が漂ってくる気がした。

伯父が来なくなってからも、見知らぬ誰かがこの島に滞在していたのは、もはや明らかだった。

一体誰なのか？　さっき考えた通り、伯父に管理を任された人なのかもしれないけれども、それにしては食料が多すぎる。長期間の滞在をするつもりで支度《したく》をしてきたみたいだし、これだけの量を残しておくのだから、いずれまた戻ってくるつもりだったのだろう。その誰だかは、この島で何をしていたのだろうか？

「不法侵入だとかじゃないといいですけどね。まあ、お兄さんにちゃんと許可を取ってたのかもしれないですし。セキュリティのことも後で考えましょ。本当は、窓とかドアを開けたら通知が行くシステムを使ったらいいんですけど、ここだと電気の問題がありますもんねえ」

野村さんは、あくまで自分の仕事を探している。

誰だか知らない伯父の友人が、この島を借りていた。それだけの話かもしれない。

しかし、それにしては、別荘に残る何者かの痕跡《こんせき》には禍々《まがまが》しさが感じられた。伯父の部屋にあったクロスボウなどとは異なる、得体の知れない薄気味悪さだった。この島は、不便だけれど、後ろ暗いことのある人が潜伏するのにはうってつけの場所である。


食堂を出ると、洗濯室の隣のトイレと浴室を確かめた。

水回りは大理石風のタイルが貼《は》られていて、不具合はなさそうだった。見知らぬ滞在者の痕跡は、ここには見つからなかった。

裏口の近くに、物置部屋がある。狭い部屋で、長靴が数足、あとはブルーシートやゴム紐《ひも》、使用済みの梱包《こんぽう》資材などが置かれているだけだった。

残る部屋は、寝室である。

寝室は、一階に二つ、二階に六つある。中はビジネスホテル風に、ベッドと、小さな机と椅子《いす》が置かれている。窓は大きく、風音が気にならないよう分厚い二重ガラスになっている。

どの部屋にも、時計が掛かっている。デザインはアンティーク調だが、電波時計で、電池は切れておらず、正確な時刻を示していた。

一階の二つの寝室は八畳くらいで、ベッドは一つだけである。

入ってみると、どちらの部屋も、ベッドのシーツは乱れ放題になっていた。誰かが寝泊まりしていたのは明らかだった。

前客のだらしなさにひとしきり呆《あき》れたのち、わたしたちは玄関ホールに戻り、二階への階段を上がった。

二階の間取りはシンプルで、中央に廊下が延び、左右に三つずつドアがある。どれも全く同じつくりの寝室に繋がっている。一階よりも広く、ベッドは各部屋に二つ置かれていた。

廊下を階段側から見て一番手前の、左側の寝室を開けると、やはり寝具は使用済みだった。さらには、汚い作業着が床に脱ぎ散らかされていた。

「参ったな。何をしてたんだ？　こんなとこで」

父は機械油のついたズボンを摘《つま》み上《あ》げる。

寝室は、今晩わたしたちが使う部屋でもある。得体の知れない忘れ物は不愉快だった。

「すいませんね。でも、シーツは使ってないやつがあるはずなんで、お休みの時はそれを使ってもらっていいです？」

「いや、それは、もちろんね。ホテルだって、誰が使ったか分からないところに泊まるのは同じな訳ですし。ねえ？」

沢村さんはみんなの表情を窺う。はあ、とか、まあね、とか、消極的な返事が聞こえた。

この別荘を散らかしたのが誰だったのか、彼らはさほど気にかけてはいないようだった。

考えても仕方のないことなのだろう。手がかりがあるでもないし、多分、伯父の知り合いの誰かだったのだろうと思うしかない。

しかし、わたしは不安だった。この離島にこっそり潜んでいた人たちを想像すると、それは犯罪者の姿になった。

気づけば、島に到着した時の懐かしさはどこかへ行ってしまっていた。

やはり、来なければよかった。島の思い出を、不穏に荒れた光景に上書きしてしまうことはなかった。リゾート計画なんかは、勝手にしてくれればいい。こんな島は、もう、なくなってしまったものと思うことにしたい。

ふと、綾川さんと目が合った。意味ありげな視線をこちらに送っている。

彼女は、やはり同行者の会話には口を挟まず、控えめに視察に付き添っていた。

ついさっき交わした短いやりとりのせいで、彼女にだけは、わたしの感傷に気づかれていると思った。そして、その表情から、わたしと同じように、別荘を使っていた人の正体に疑念を抱いているのではないかという気がした。

綾川さんは何も言わない。この場の成り行きは、父や沢村さんが主導するのに任せておくしかない。

二階の残りの寝室五つを一通り巡った。他の部屋の寝具はきれいに整えられていて、使われた痕跡はなかった。

一階の玄関ホールに戻ってきた。

「どうも、別荘は大体こんな感じです」

照れ笑いを浮かべながら父は言う。ざっと内見した限りでは、裏口の扉の金具が傷んで開けにくくなっていたくらいで、建物は良好な状態といえそうだった。

「いや、ありがとうございました。思ってた以上にお客さんを泊めるのに向いてますね。

えっと、寝室が八つで、ベッドが全部で十四ある訳ですね。まあ、別にもっと布団を持ち込んでもいい訳だし、結構な人数に貸せますね」

「それが、もっと泊まれるんですよ。ほら、バンガローがありますから。それも入れたら二十人以上いけます」

「ああ、そうか。そうでしたね。じゃあ、そっちも見せてもらいましょうか」

沢村さんは玄関ドアを開け、外の様子を確かめた。

水平線を掠《かす》める夕日が、島に激しく照り付けていた。急がないと、暗くなってしまう。

「はい、じゃあ。──里英、バンガローの鍵ってどこだっけ？」

「伯父さんの部屋じゃないの。多分」

伯父は、自室のワインの棚の下の引き出しに、茶色の牛革のキーホルダーでまとめた鍵束を置いていた。バンガローと作業小屋の鍵である。伯父は、島に来るとまず別荘に入り、それを取り出して他の建物を解錠する習慣だった。

「里英、ちょっと取ってきてよ」

父は鍵の場所にピンと来ないらしい。わたしは一人廊下を伯父の部屋へ向かった。幼いころは、伯父に会うのが嬉しくて、島にいる間は付きまとうようにしていたから、鍵の場所もしっかり覚えているのだ。

引き出しは三段ある。鍵が入っているのは、一番上の段の奥の方、ステンレスの灰皿の上。

──そのはずだったのだけれど、開けてみると、鍵はなかった。灰皿は空だった。

他に入っているのは、文具類や腕時計のベルトなどの小物である。三つの引き出しを探ってみたけれども、鍵束は見つからない。

「お父さん、鍵なかったよ」

玄関ホールに戻って、報告した。

父は、自分の鞄から取り出した、六つのディンプルキーが連なった鍵束を眺めまわしているところだった。

「え？　何、あったの？　どこに？」

「いや、これは兄貴の家にあったやつ。でもね、何にも書いてなくて、ここの鍵かどうか分かんなかったんだよ。一応持ってきたけど」

「それじゃない？　多分。バンガローの鍵、そんなんだった気がする」

父が持っているのは、おそらく、予備の鍵なのだ。もともとここにあったはずの、牛革のキーホルダーのものは、伯父がどこかに仕舞い込んだか、それともここを使っていた何者かが持ち去ったのだろうか？

「まあ、帰ったらもう一回兄貴のところをちゃんと探してみよう。――じゃあ、皆さん、多分この鍵らしいんで、ご案内します」

父はみんなを先導し、玄関を出た。

六

風はまだ止まなかった。背の高いススキが風に揺られ、西日を照り返している光景は、島が燃え上がっているみたいである。

最初に向かったのは、島の中心に建てられた作業小屋だった。とりあえずそこに行って、それからバンガローを巡ろうということになった。

最後尾を歩くわたしに、綾川さんが歩速を合わせた。

「鍵、なかったんだ？」

小声である。

「はい。何でか分かんないですけど、伯父が置いてたとこにはなかったです」

「そっか。ちょっと、変な感じするよね？　ここを使ってた人が持っていったのかな？　こんなところで何やってたんだろうね」

やはり綾川さんも、同じ違和感を覚えている。


百メートル余り歩いて、作業小屋の前にやってきた。

小屋は、別荘やバンガローに比べると安価なつくりである。節だらけの杉材で建てられた平屋の建物で、屋根にはトタンが貼られ、窓には、バンガロー同様に雨戸が閉まっていた。周囲には、ざらざらした石畳が敷かれている。

ドアの前の地面に、半畳くらいの大きさの上げ蓋がある。鉄製で、塗装が剝げて錆《さ》び付《つ》いている。

「ここにね、地下室っていうか、地下物置があるんです。ほら」

父は上げ蓋から赤土を払って、取手を摑《つか》んで持ち上げた。

薄暗くて埃っぽい地下室が口を開けた。コンクリートを塗った壁に、折り畳みの脚立を立てかけてある。汚れたブルーシートや破れた段ボール、欠けたブロックや壊れた折り畳みテーブルなどが放り出してあった。

「兄貴は、最初、物置ってことでこれを造ったんです。島の真ん中に広場が欲しかったから、わざわざ地下にしたんですよ。でも、造ってみたら、物の出し入れはしにくいし、雨が降ると水が入ってくるしって、全然使い勝手が良くなかったみたいで。

それに、屋根付きの作業スペースが欲しくなったとかで、地下室の上に被《かぶ》せるみたいな格好で、後からこの小屋を建てたんです」

地下室の床には水たまりが出来ていた。上げ蓋にパッキンをつけたりと工夫はされているのだけれど、嵐の後ということもあって、浸水は防ぎきれなかったようである。

地下室には入ったことがない。子供のころは、固定されていない脚立が危ないから近寄らないようにと言われていたし、わたしも、島の中で、ここだけ無機質で不気味な地下室が怖かった。

父はバタンと音をたてて、上げ蓋を閉じた。

そして、作業小屋のドアの鍵穴に、一つずつ鍵をあてがい始めた。

「大したものがある訳じゃないんですけどね。海の家の倉庫みたいな感じで、折り畳みのゴムボートがいくつかと、釣《つ》り竿《ざお》とかが置いてあって、あとは工具と作業台があるだけで。お客さんを泊めるなら、ここが管理事務所になるのかな――」

三つ目の鍵が、作業小屋のものだった。

ドアが開かれるなり、異変に気がついた。

中から、妙な臭《にお》いが漂ってくる。嗅《か》いだことのない臭い。おそらくは化学薬品である。鼻をつく、不愉快な臭いだった。

「あれ？　何だ？」

父も、他のみんなも、異変を察した。どうやら、あるべきでないものが置かれている。

入り口近くの壁のスイッチを父は押した。裸の蛍光灯が灯る。

小屋の中の奇妙な有様《ありさま》が明らかになった。

土嚢《どのう》のような、分厚いビニール製の包みが、床から天井近くまで大量に積み上げられていた。部屋の七割くらいは、包みに占められている。

ゴムボートや釣り竿は隅に押しやられていた。奥の壁に沿わせて置かれていた作業台は中央に引き出され、その上には、何だか分からない物体があった。

機械らしい。工具入れくらいの大きさの木製の箱に、様々な配線が取り付けられ、アンテナみたいなものも飛び出している。

作業台には、壁から延長コードが延びていた。他に置かれているのは、カーバッテリー、少し古そうな機種のモバイルルーターと、さらにはスマホである。薬品の入った瓶もある。床には、汚れた大きなバケツがいくつかと、攪拌《かくはんよう》用の棒が置かれていた。

父に続いて、沢村さんが作業小屋に一歩足を踏み入れた。

「これ、何ですか？　お兄さんがやってらした――？」

「いや、いや、そんな。いくら何でも、兄貴がこんなことをするはずがないです」

こんなこと、と父は言うけれども、作業小屋で行われていたのが一体何なのかは、まだはっきりしない。

でも、ここにあるものが平和な品物でないのは、直感的に分かった。

散らかった別荘を見た時の違和感に答えが出た。大量に食料を持ち込んで島に潜んでいた人物は、犯罪に関《かか》わっているのではないか、という疑惑のもとが、この作業小屋にあるのに違いなかった。

小屋は謎《なぞ》の品物に占められていて、全員が入ることは出来ない。みんなは、代わる代わる戸口に立って、突然異世界の化学実験場に繋がったような、奇妙な室内の光景を眺めた。

草下さんは訝《いぶか》しげに作業台に近寄って、奇妙な機械と、スマホやルーター、カーバッテリーをそっと手に取った。しばらくそれらを作業台の上に転がすようにしていたが、やがてこちらを振り返った。

「これ、爆弾だ」

——爆弾？

「この機械、起爆装置なんじゃない？　で、こっちにあるのが爆薬だよ。きっと」

草下さんは腕を振って、部屋を埋め尽くす包みを示した。

みんな、草下さんの言うことには驚かなかった。

この品々の使い道を説明しようと思ったら、それくらいしか答えはない。

しかし、にわかにそれを信じる気にもなれなかった。爆薬だの起爆装置だの、現実に目の当たりにするとは想像したこともない品物である。

草下さんは木製の箱を開けて、内側に、既製品らしい、マグカップくらいの大きさの機械が取り付けられているのをみんなに示した。

「ここにさ、スマートロックがついてる訳」

「スマートロック？」

父が訊き返す。

「うん。ほら、今、スマホで家の鍵を開け閉めするやつがあるでしょ？　その機械が、ここにくっつけられてんのよ。

でさ、錠前の動きに連動するように、筒みたいなのが繋いであるでしょ？　これ」

スマートロックのラッチには針金が固定され、その動力は複雑なギアを経由して、茶色い筒状のものに伝わるように細工されていた。

「この筒、雷管だよ。ラッチが回ったら起爆するんだ。どこからでもスマホでスイッチを入れられるんだな」

それはまた、便利なことである。

さらに草下さんは、テーブルに溢《あふ》れていた、白い、砂っぽいものを指でなぞった。

「硝酸アンモニウムかな、これ。いや、多分そうだわ。土木現場で使うから知ってるんだけどさ。油とか、混ぜ物をしたら爆薬が出来るんだよね」

「ここにあるのが全部、その爆薬ってことですか？」

沢村さんは、小屋の奥に向けて両腕を広げた。

「そうじゃないの？　違う種類のもありそうだけど。なんか変な臭いがしてるし、起爆剤に別の爆薬が要ることもあるし。まさか、ＴＮＴとかもあんのかな？」

草下さんは、手近なビニールの包みの口をほんの少しだけ広げようとして、すぐに手を離した。

「——いや、触んねえ方がいいか。何があるか分かんないし」

彼の言うことが正しいなら、土木工事で使うためのものということはないだろう。そんなのを、個人所有の島にこっそり保管しておくのはおかしい。

だから、これは犯罪、それこそテロを行うための爆弾なのだ。別荘を使っていた人たちがその実行犯なのか、それともテロ集団に譲渡するためのものなのか分からないけれども、爆弾を用意した目的は、他には考えられない。

「本当にそれ、爆薬ですか？　流石に非現実的な気がしますけどね。いくら何でも量が多すぎません？」

小山内さんが、みんなを現実に引き戻そうとするように言う。

これが爆弾だという、確たる証拠はない。大量の謎の包みの正体を安全に確かめる方法は、わたしたちにはない。

しかし、爆弾でないなら、この作業小屋の有様は一体何だというのか。

風がひたひたと冷たさを増す。日は沈みかかっていた。夕日は原色に近い赤で、わたしは一切が日没までの幻であるかのような錯覚を覚えた。

みんなもしばらく、幻惑されたように喋らなかった。

あたりが暗くなってしまう前に、綾川さんが、とても現実的な指摘をした。

「それ、やっぱり本物なんじゃないかって気がします。さっき、ここに歩いてくる間にちょっと気になってたんですけど、地面に埋まった石に、焦《こ》げたような跡があったんです。煙草《たばこ》の跡みたいなのじゃなくて、石全体が黒くなってました。大火事にあったとかじゃなければ、あんな風にはならないと思います。

それに、この島って、雑草の生え方がちょっと変ですよね。北側は足の踏み場もないくらいなのに、南側はそんなにひどくもないです。

もしかすると、南側で何か実験をしたのかもしれないですね」

南側で実験をした。実験というのは――

わたしたちは小屋の中を振り返った。

「――つまり、ここにいた人たちが、爆破実験をやったってことです？　爆弾の威力を試すためか、起爆装置が使えるのか確かめたのか分からないけど。だから、こっち側はあんまり草がないっていうことですか」

綾川さんは父に頷いて見せた。

言われてみると、雑草の生え具合は不自然である。南側が爆破実験に使われていたのだとしたら、雑草がまだらに生えていることに説明がつく。

いよいよ、作業小屋に置かれているのが爆弾であることは疑い得なくなりつつある。

爆薬はあまりにも多い。実験をした時には、建物を傷めないよう量を調節しただろうけれど、もしも作業小屋にある分がみんな爆発したら、どれくらいの威力になるのだろう？

沢村さんが、我に返ったように言った。

「大室さん、他の建物は大丈夫ですかね？」

「あ！　そうですね。確かに」

バンガローは、雨戸が閉まったままである。

七

午後六時。日は暮れて、枝内島は紺色の夜空に包まれていた。冬の明るい一等星と、満月まで三日の不完全な月が輝き始めている。

五つのバンガローを確かめ、わたしたちは別荘に戻った。

丸テーブルを三つ食堂の中央に集め、九人で顔を合わせて座れるようにした。各自の前には、沢村さんが用意してきてくれた焼肉弁当と、緑茶のペットボトルが置かれている。弁当は、底の紐を引っ張るだけで温かくなるものだった。

用意は整えられてはいるけれど、誰も弁当に手をつけない。みんな、別荘の外のことに気をとられている。

「驚きましたね。とんでもない量の爆弾じゃないですか」

沢村さんは、緑茶で口を湿しながらぼやいた。

閉め切られた五つのバンガローで見たのは、作業小屋とおおよそ同じ光景だった。

起爆装置はなかったけれど、一体何トンあるんだか分からない量の爆発物が、それぞれに詰め込まれていた。暗くなり始めていたし、物騒なので、細々状況を調べることはせずに、元通り鍵をかけて引き返してきた。

「今日はどうするんです？　迎えは明日頼むって話になってるんですよね。夕方以降は来れないって言ってましたし。どこかに通報して、今からこんなところまで来てもらえるものでしょうか」

「いや――」

野村さんの問いに、父は煮え切らない唸り声を上げる。

今度は、小山内さんが口を開いた。

「急いで警察を呼んでも仕方がない気もしますがね。もう暗いし、今からどうにか出来るって訳でもないでしょ？　どうせ」

「まあ、確かに。あの爆弾も、少なくとも何か月かは放置されてた訳だしなあ――」

誰かが島を使っていた形跡も、少なくとも二か月くらいは経っていそうなものだった。しばらく、島は無人のままだったはずではある。

明日までの間に突然爆発するような心配はしなくてもいいだろう、と父は言うのである。

「どうします？　とりあえず、明るくなるまで待つしかないでしょうかね？」

沢村さんが、父に伺いを立てる。

内心、面食らった。どうしてみんな、爆弾の始末を先延ばしにしようとしているのだろう？

「ねえ、とりあえず警察に電話してみたら？」

「ん？」

父は首を捻《ひね》る。

「すぐ来てくれるか分かんないけど、訊いてみたらいいじゃん。どうしたらいいか教えてくれるかもしんないし」

「そうですね。通報は、早い方がいいかも」

綾川さんは、わたしに意見を合わせる。

しかし、父は依然決心のつかない顔で、提案に従うのを渋《しぶ》った。

「でもね里英、警察に連絡するってなると、慎重にしないと、藪蛇《やぶへび》ってことがあるからね」

藪蛇？

何の話をしているんだ、と思ったけれども、やがて理解が追いついた。

ここは、伯父の島なのだ。何者かが爆弾を保管していたとなったら、伯父が関係していたことが疑われる。

そうでなくとも、この別荘には所持の禁止されたクロスボウがある。あれは紛《まぎ》れもなく伯父のものに違いない。

事情を警察に説明するのは億劫だ。うかつなことを言って、妙な疑いをかけられたらたまらない。——父が心配しているのはそんなことだ。

気持ちは分かるけれども、どうせ、通報はしないといけないじゃないか。

でも、父はそれを先延ばしにしたいようだった。もしかしたら、警察を呼ぶ前にどうにかしてクロスボウは処分してしまおうか、とか、そんなことを考えているかもしれない。

父の優柔不断ぶりが恨めしくなる。しかし、大勢の前で身内と議論をするのは嫌だった。

「まあ、今通報したところでどうなるんだって気もするっすね。とりあえず、明日でもいい気もしますけど」

「うん、そうだね」

藤原さんと、小山内さんが口々に言う。確かに、と父は頷く。

「じゃあ、とりあえず明日まで待って、明るくなってからどうするか考えましょうかね。どうせ、午前中には、迎えを呼ぶってことにもなってますし」

沢村さんはそう言った。

この旅行のホストは父だから、その意向に従おう、ということなのだろう。

そればかりではなく、みんなも、爆弾のことを案じる気にならないらしかった。長時間の移動で疲れきっている。そんな非現実的なことを本気で心配するのは気が重いのだ。

信じがたいことに、爆弾の満載された島で一夜を過ごすということで、話が決まってしまった。


ようやくみんなは弁当に手をつけた。

食事中に交わされたのは、島とは関係のない世間話だった。開発計画の相談は棚上げされた。わたしと綾川さんだけは会話に加わらず、最近ニュースでみた事件のこととか、輸入資材の価格高騰のこととか、面白くもない話を黙って聞いていた。

全員が弁当を食べ終えたのを見計らって、父が、気にしていたらしいことを切り出した。

「そういえば、今晩なんですが、どの寝室を使うかって問題がありまして。僕がバンガローで寝ようかな、と思ってたんですが、そうも行かなくなっちゃったんで――」

バンガローは、爆弾で満杯だったのだ。そんなところで休む訳にはいかない。

別荘の寝室は八つである。ベッドを他の部屋に動かすのも大変だろう。九人いるのだから、誰か二人は相部屋ということになる。

父は、テーブルを見渡した。そして、たまたま見つけたとでもいうように、わざとらしく綾川さんに目を留めた。

「――綾川さん、もし良かったら、今晩、娘と同じ部屋で寝ていただいてもよろしいです？」

例によって父が無神経なことを言い出したのが、疎《うと》ましくてならなかった。

それはもちろん、この九人の中で誰かが相部屋で寝なければならないとなったら、その組み合わせは限られる。多くは初対面だし、一緒の寝室で休もうと娘に言ったら、不機嫌に拒否されるのは、父は重々分かっている。

だから、打ち解けた様子の綾川さんとわたしが相部屋でどうか、というのである。

しかし、そんなお願いの仕方では、綾川さんは嫌と言えないではないか。「どなたか、一緒でいいという方は？」とでも問いかけたらいいのに。不動産屋の藤原さんと小山内さんあたりなら、問題なさそうである。

綾川さんがどう思ったか、気を揉《も》んだ。しかし彼女は、迷惑そうな素振りを見せなかった。父の提案に、綾川さんは如才なく、嬉しそうな笑みをつくった。

「はい、全然大丈夫です。里英さんが嫌じゃなかったら」

意思を問うように、彼女はちらりとこちらを見る。

「あ、はい。じゃあ、同じ部屋でいいです」

本当を言えば、無愛想な返事に反して、わたしは喜んでいた。受験のことから、島の変容、そして爆弾の発見で心は乱れきっていた。ただでさえ、最近は寝つきが悪い。しばらく馴染《なじ》みのなかった別荘の寝室に一人で寝そべっていたら、きっと、夜通し取り留めのない不安に苛《さいな》まれることになる。

夜が更けるまでの間、綾川さんに話を聞いてもらって気を紛らわすことが出来るのなら、そっちの方がいい。

そう決まると、今度は部屋割りの相談が始まった。わたしと綾川さんは、二階の奥、左側の寝室を使うことになった。

「俺は、明日の朝、散歩でもさせてもらおうかな。絶対気持ちいいもんね、ここ」

草下さんは、そんな呑気《のんき》なことを言った。

八

午後九時。寝支度の時間である。

寝室のドアを開けると、部屋の手前と奥の壁側にそれぞれベッドが離して置かれている。わたしは奥の、窓際のベッドを使うことになった。

クレンジングシートでメイクを落とした綾川さんは、服を脱ぐと、手早くウェットティッシュで全身を拭《ふ》いて、パジャマ用に持ってきていたジャージに着替えた。アウトドア慣れした様子である。浴室はお湯が出るけれども、綾川さんは遠慮して使わなかった。

わたしは少し前にシャワーを浴びようかと思って浴室前に行ってみたのだけれど、ドアの前には藤原さんの黒スニーカーが置かれていた。使用中となると、待つのが面倒になって、体を洗うのは諦《あきら》めることにした。

綾川さんにシートとティッシュを貸してもらい、彼女の真似《まね》をして体をきれいにし、気恥ずかしくなりながらも、間抜けな花柄《はながら》のパジャマを着た。

相部屋の予定ではなかったのだ。こんなことなら、わたしもジャージを持ってくればよかった。

いつでも寝られるようになると、それぞれのベッドに、向かい合わせに腰掛けた。

綾川さんは座ったまま、だらしないくらいに大きく伸びをした。仕事用の振る舞いをやめて、自宅でするのと同じ仕草《しぐさ》が出たのだろうと思った。

「なんか、『久しぶりに親戚《しんせき》の島に行ったらテロ組織の倉庫になってました』って動画出したら、めっちゃバズりそうですよね」

「それはバズるね。流石に。——え？　里英ちゃん、動画上げたりとかしてるの？」

「いや、全くやったことないですけど。というか、やんないですけど。多分、炎上しますよね。さっさと通報しろって」

「そうだね」

綾川さんと二人になると、この島で一晩を過ごすのがあまりにも異常なことに思えてきた。

「里英ちゃんのお父さんの気持ちも分かるな。三週間前に、お兄さんが亡くなったばっかりなんだよね。

なのに、島に来てみたら、爆弾だらけになってるんだからね。とりあえず、何にも考えたくなくなりそう」

確かに、父は現実逃避をしている。だから、通報の決断が出来なかったのだ。

伯父は、爆弾を造った人たちとどのような付き合いがあったのか。父が何よりも気にしているのは、それだろう。爆弾の主は、伯父が足を悪くし、島が放置されていることを知って、勝手に使っていたのであって欲しい。

それか、事情を知らずに場所を貸していたというならまだいい。テロ集団が関わっていると承知の上だったのなら大問題である。公安が家宅捜索をして、伯父の遺品を調査したりするのだろうか？

考えるうちに、父の心配が伝染した。

一方で、島に留まることの危険には、今一つ実感が湧かないのも確かだった。

爆薬の包みは、業務用の小麦粉と変わらない見た目だったたし、起爆装置にも、ドラマで見るような毒々しい色の配線がされている訳ではなかった。

あれが爆弾なのは、状況証拠からおそらく間違いはない。だけれど、本能的には、伯父の部屋にあったクロスボウの方が危険に感じる。

「伯父さんがどんな人だったかって、聞いてもいい？」

「あ、はい。でも、わたしが伯父に会ってたのって、ほんとに子供のころなんで、あんまりしっかり覚えてる訳じゃないんですけど」

頭が良くて、鷹揚《おうよう》で、少し無神経な、図太い人だった。借りたお金を返さずに済ませてしまったこともあるそうだし、税金を安く上げる方法にも詳しかった。

伯父の思い出で、ことさらに印象深いのは、小学五年生の時のことである。

夏休みだった。一人で二階の寝室に寝ていたわたしは、夜中過ぎに突然目を覚ました。

蒸《む》し暑《あつ》く、それきり眠れなかったので、キッチンに降りて、こっそり冷蔵庫のジュースをいただこうと思い立った。

暗い廊下を抜け、キッチンのドアを開けると、伯父がいた。製氷皿の氷をボウルにあけているところだった。

「ん？　なに。どうした。眠れないの？」

振り返って伯父は言う。わたしは頷く。

「何か食べる？」

「喉渇《のどかわ》いた」

「何飲む？」

「――オレンジジュース」

伯父は、瓶入りのジュースを取り出すと、切子《きりこ》細工のコップに注ぎ、氷を入れてくれた。両親だったら、夜更けに飲ませてはくれないものである。

「その氷、何にするの」

「これはワインを冷やすやつだ」

伯父は、お盆にボウルとミックスナッツの袋を載せて、自分の部屋に向かう。

静まりかえった夜が寂しかったわたしは、伯父についていった。

伯父の部屋で、ジュースをすすりつつ、ミックスナッツを遠慮がちにつまんだ。学校のことや宿題のことを、伯父は不慣れな調子で訊く。わたしは精一杯真面目《まじめ》に答える。

「――それ、高いの？」

伯父は、茶色いラベルのついたワインボトルのコルクを抜こうとしていた。

「これか？　七十万くらいだったな」

「すごい」

探るような目で、伯父はわたしを見た。

「ちょっとだけ、飲んでみるか？」

「いいの？」

「父さん母さんには、内緒な。絶対」

伯父は、棚からテイスティング用の小さなグラスを取って、ティッシュで拭くと、底にほんのちょっと溜まるくらいのワインを注いだ。

飲むと一瞬、体が浮くような感覚がした。

「美味《うま》いか？」

「分かんない」

次第に、頭がぼんやりし始めた。

「寝よっかな。眠くなってきた」

「そうか？　じゃあ、おやすみ」

二階の寝室に上がって、横になった。珍しい高価なものを口にした満足感と、少しの後ろめたさと共に、眠りについた。

伯父に言われた通り、このことは決して誰にも喋らなかった。両親はもちろん、高校のころ、同級生が飲酒自慢をしていた時にも、彼女には同調せず、それを口にはしなかった。

伯父はもう亡くなった。その話を綾川さんにしてみようか？　ちらりとそんなことを思ったけれども、やっぱり、約束は守ることにした。

道徳的な人ではなかったかもしれないけれど、しかし、こっそり爆弾を保管しているというのは、伯父のすることとしてはふさわしくないと思う。そんな印象だけ、綾川さんに話した。

「変わった人だったと思うんですけど、テロとか、危ない思想に染まったりとかって感じじゃなかったです」

「そっか。確かに、爆弾を取り引きするような人が、こんなお洒落《しゃれ》な別荘つくらないだろって感じするもんね」

綾川さんはヘッドボードの装飾をさする。

「はい。まあ、とりあえず無事に帰れさえすれば、何でもいいんですけど」

「そうだね。ここ、いざとなったらいつでも助けは呼べるし、大丈夫だとは思うな」

別荘内でも、スマホの電波は良好だった。

なかなか眠くはならなかった。しばらく、綾川さんにSNSで見つけた猫の動画を見せたりして過ごした。


「そろそろ休もうか？　明日もあるもんね」

午前零時を前にしていた。

他の人たちも夜更かしをしているらしい。建物のつくりがいいので、誰がどこで何をしているのかは分からないけれども、ドアを開閉する物音が響いてくる。

綾川さんは電灯の紐を引いた。

明かりが消えると、月光が寝室に降り注いだ。それはもう、西に傾きつつある。

「カーテン閉めなくて大丈夫？　眩《まぶ》しくない？」

「あ、いや、大丈夫です」

眩しかったけれど、何となく、カーテンを閉める気にはならなかった。

依然目は醒《さ》めている。寝っ転がったまま月を眺めていられる方が、夜を過ごすには良さそうである。

わたしが眠れずにいることが分かったら、綾川さんに気を遣わせてしまうだろう。きちんと布団をかぶって、熟睡しているふりをしていた方がいい。

やっぱり、一人で寝る方がよかった。じわじわとそんな気分になってきたけど、それはあまりに綾川さんに失礼だった。もっとも、綾川さんの方も、電気を消しこそしたけれど、すぐに眠りに就いたようでもなかった。

ベッドの上で息を潜めていると、夜はゆっくりと更けていった。

2　十戒

一

目覚めたのは、午前七時を過ぎたころだった。

夜通し寝転んではいたけれど、ほとんど眠れなかった。明るくなってから、ほんの少しウトウトしただけである。

ベッドから体を起こすと、綾川さんは、汗をかいたジャージを着替えているところだった。

わたしは彼女に訊きたいことがあったのだけれど、頭がぼんやりして、考えが纏《まと》まらなかった。

その時、廊下に、草下さんの大声が響いた。

——ちょっと！　みんな！　起きてる？　大変だよ。えらいことになった。

綾川さんと顔を見合わせた。

「何ですかね？」

「行った方がいいっぽいね」

彼女は着替えを終えていた。わたしは少し迷って、パジャマの上にパーカーを着ると、裾《すそ》を膝近くまで引っ張った。

廊下に出た。みんなは玄関ホールに集まっている。

切羽詰《せっぱつ》まった面持ちの草下さんは、玄関ドアの前でみんなを待っていた。

「それ、何ですか？」

綾川さんは、草下さんの右手を指差した。紙切れを握り締めている。

よくよく見ると、それは、伯父の書斎にかかっていた山岳写真のカレンダーの切《き》れ端《はし》のようである。

「いや、これはあとで説明するけどね。でも、その前に来てもらった方がいい」

「あの、小山内さんは？　まだ寝てるんでしょうか？」

部屋着姿の野村さんが問う。

玄関ホールには八人しかいなかった。小山内さんの姿がない。

「そりゃいないよ。いる訳ない。とにかく、一緒に来て。すぐ分かるから。——あと、みんな、あんまり喋らないようにして。うっかりすると大変なことになるから」

喋ってはいけない？

何事だろう。綾川さんを見ると、彼女は小首を傾《かし》げてみせた。

草下さんを先頭に、わたしたちは玄関を出た。

島の外周の、桟橋から二百メートルくらいの別荘の反対側の地点までやってきた。

崖際に立ち止まると、草下さんは眼下を指差した。

「ここ。気をつけて。びっくりして落ちないでよ」

わたしたちは崖に整列して、一斉にそこを覗《のぞ》き込《こ》んだ。

切り立った崖の下は岩場になっていて、激しい波が打ち付けている。

その岩場に、死体が落ちていた。

うつ伏せである。体格や衣服から、それが小山内さんであることは分かった。

亡くなっているのも、明らかだった。背中に、クロスボウの矢が突き刺さっている。

何が起こったのかははっきりしている。小山内さんは、殺されたのだ。誰に？　それは——

考えが纏まる前に、草下さんが、みんなにカレンダーの切れ端を翳《かざ》してみせた。

「でね、こっちが一番問題。これね、別荘の玄関ポーチのところで見つけたんだ。ほんの十五分くらい前。柱に、ピンで留めてあったんだけど。犯人が残してったんだよ」

切れ端には、ボールペンでびっしりと文字が書き込まれていた。

犯人による、わたしたちへの指示書きである。

字は妙に角ばっていて、読みにくい。筆跡を隠そうとしたものらしい。


この書状を見つけたものは、島の東北東に向かい、崖の下に小山内氏の死体を捜さなければならない。確認し次第、島内の全員を集め、以下の事柄《ことがら》を守るよう合意を得なければならない。

一　島内にいるものは、今日これから三日の間、決して島の外に出てはならない。
二　島外に、殺人の発生や、それに限らず島の状況を伝えてはならない。当然、警察に通報してはならない。
三　迎えの船は三日後の夜明け以降に延期し、各人は、身内や関係者に、帰宅が三日間遅れることを連絡しなければならない。その際には島で何が起こったかは伝えず、しかし怪しまれることのないよう努《つと》めなければならない。
四　各人は通信機器を所持してはならない。スマートフォンは全て回収し、容器に納め封印し、必要が生じた場合にのみ、全員の合意の下で使用しなければならない。
五　島外との連絡は、互いの監視の下で行われなければならない。メールやＳＮＳ等《など》のやりとりは文面を全員で確認し、通話は全員に内容が聞こえるように配慮しなければならない。連絡は、島に留まることを、島外のものに怪しまれないために必要な内容に限らなければならない。
六　島内では、複数人が三十分以上同座し続けてはならない。三十分が経過するごとに、最低五分は席を離れ、一人で過ごさなければならない。
七　カメラ、レコーダー等を使って、島内で発生したことを記録してはならない。
八　各人は、それぞれ寝室に一人のみ起居し、他者の部屋を訪ねる際はノックを欠かしてはならない。
九　脱出、もしくは指示の無効化を試みてはならない。
十　殺人犯が誰か知ろうとしてはならない。その正体を明かそうとしてはならない。殺人犯の告発をしてはならない。

以上の事項が守られなかった場合、作業小屋の爆弾の起爆装置が作動する。その際は、全員の命が失われることを覚悟しなければならない。この書状は、内容を書き写した上で焼却処分すること。

一文ごとにくっきりと言葉をくぎりながら、切れ端の文面を草下さんは読み上げた。さらには、一人ずつ回し読みした。そこに書かれたことを全員が理解するまで、わたしたちはじっくりと時間をかけた。

誰も、不用意に言葉を発しはしなかった。草下さんの警告に従ったのでもあるけれども、そうでなくとも、崖下の死体を目にした今、この指示書きが悪ふざけの類でないことは明らかだった。

やがて、沢村さんが慎重に口を開いた。

「ちょっと、いろんなことが起こりすぎて、信じられないんですけど――、こういう話ですよね？ここにいる誰かが、ボウガンで小山内さんを殺害した。犯人が、殺してから死体を崖の下に落としたのか、それとも撃たれた小山内さんがよろめいて落ちたのか、どっちかは分からないですけど。それで、犯人は、こう言ってる訳ですよね？　私らは、これから三日間、この島に留まらないといけない。そして、その間、絶対に犯人を見つけないようにしないといけない。もし見つけてしまったら、犯人は島を爆破する。こういうことですよね？」

みんなは、互いの足もとばかりを見つめていた。顔を直視する勇気はなかった。そうして、眼前に突きつけられた信じがたい現実を呑《の》み込もうと努めた。

わたしの頭も混乱を極めている。

ここに来るまでに、崖の下に小山内さんの死体があることは、何となく想像がついていた。草下さんの様子を見れば、考えの及ばないことではなかった。

しかし、カレンダーの切れ端の指示書きによって明らかになった事態は、ただの殺人より、ずっと入り組んでいた。

昨晩同じ寝室を使っていた、自分と綾川さんのアリバイを申し立てることを思いついたけれども、すぐにそれを頭から振り払った。これは普通の殺人事件ではない。勝手にそんなことをして、犯人にどう思われるか分からない。

野村さんは、島の中心部を振り返った。

「――とりあえず、作業小屋の状況を見に行っても、いいんでしょうか？　これに書いてあることが本当か確かめても、怒らないですよね？　犯人は」

彼女はみんなの反応を待ちながら、一言一言をゆっくりと発した。

それは、犯人が起爆装置のスイッチを握っているかもしれないと考えたら、当然のことだった。うっかりその逆鱗《げきりん》に触れてしまったら、何が起こるか分からない。

しばし、みんなは探りを入れるように視線を交換する。

やがて矢野口さんが、姿の見えない隣人の機嫌を伺う調子で言った。

「それは、いいんじゃないの？　だって、駄目なら駄目ってその紙に書いとくはずじゃない？　犯人は」

草下さんの手に握られた、十の戒律の書かれたカレンダーの切れ端を、みんなは改めて見つめた。

矢野口さんの言う通りだろう。それくらいのこともさせてもらえないなら、三日間ずっとこの崖際に立ち尽くしていなければならなくなる。

わたしたちは外周の歩道を引き返した。


作業小屋の様子は、一見して昨日と変わっていなかった。

父が、みんなの視線を浴びながら、ドアの取手を握り、揺さぶった。

ドアは開かない。鍵がかかっている。

昨日、爆弾を発見した後に、作業小屋は施錠された。鍵がかかっているのは当然だった。

しかし、戸口付近は、最後に見た時よりも土で汚れている気がした。誰かが夜のうちに出入りした痕跡らしい。

「大室さん、小屋の鍵ってどうしました?」

沢村さんが、咳《せ》き込《こ》むように訊く。

「あ！ それは――」

父は狼狽《うろた》えた。

昨日、小屋とバンガローを施錠した後、父は鍵を自分の上着のポケットに仕舞っていたはずである。

慌てて出てきたから、父は上着を着ていなかった。

「――僕、上着を脱いで、応接室に置きっ放しにしちゃってます」

「見に行きましょう」

わたしたちは、小走りに別荘に戻った。

二

昨晩、最後に見た時のままに、父の上着は応接室のソファの上に放り出してあった。

父はそれに飛びつくと、蒼白《そうはく》な顔でポケットを漁《あさ》った。

「――無いです。鍵」

みんなに向けて、父はポケットをひっくり返してみせた。

作業小屋や、バンガローのドアの鍵束は紛失していた。もちろん、犯人が持ち去ったのだ。

この事実に父は立ちくらみを起こした。

「これ、僕のせいだ。この上着、夕方からここに脱ぎっ放しにしてて。鍵をポケットに入れたのを忘れてたんですよ。じゃなきゃ、自分の部屋に持っていこうと思ってたのに」

情けない声だった。

そんな父を見つめるわたしに、綾川さんは心配そうな視線を向けていた。

父を慮《おもんぱか》って、この状況を忘れて無茶な行動に出ないかと気遣われているのだ。精一杯冷静な表情をつくって、綾川さんを安心させるよう努めた。

「まあ、それは仕方がないんですが――」

沢村さんは、憔悴《しょうすい》した父を持て余した様子だった。

責任の行き先を話している場合ではない。問題なのは、鍵がなくなっていた事実だった。それは、犯人が残した指示書きの内容を裏付けている。

「鍵が無いってことは、やっぱ、その紙に書いてあるのが脅しじゃないってことっすよね？」

「犯人が、いざとなったら本当に爆弾を起爆する気だとしても、おかしくはないです。それを否定する証拠は、見つからないですね」

藤原さんに、沢村さんはそう応じた。

犯人は、小山内さんをクロスボウで殺害し、応接室から鍵を持ち出して、作業小屋の起爆装置をセットした。そして、再びドアを施錠し、鍵をどこかに隠した。――そういうことなのだろうか？

父がおもむろに口を開いた。

「あの起爆装置って、スマホだったでしょう？　じゃあ、スマホを操作しなきゃ、爆弾は爆発しない訳ですよね。だったら、全員で互いを監視して、スマホを使おうとしてたらすぐに取り押さえたらいいんじゃないですか？　それに、持ち物検査をしたら、誰が犯人か分かるんじゃ――」

「いやいやいや。駄目駄目駄目」

草下さんが、慌てて父を止めた。

「あの起爆装置、スマートロックを使ってるって言ったでしょ？　ってことは、爆発させるのに、わざわざスマホを開かなくてもいい訳。一時間後とか半日後とか、時間だけ指定しといて、どこかにスマホを隠しといてもいいの。そうだとして、俺らにはそれがいつか分からないからさ。そういう可能性がある以上、迂闊《うかつ》なことは出来ないでしょ？　犯人はちゃんと考えてんのよ」

父の提案は、戒律の九番目の、犯人の指示の無効化を試みることにあたるかもしれなかった。

草下さんの指摘に父は縮み上がった。

もしかしたら犯人は、寝起きの悪い人のアラームみたいに、爆破時刻を数十分おきにセットしておいて、何ごともなければ解除するが、不都合な事態が発生した時はそれが作動するに任せる、ということにしているのかもしれないのだ。

あの戒律の六つ目によると、わたしたちは、三十分以上一緒にいてはいけないことになっている。それだけ経過したら、必ず五分以上一人きりにならなければならない。これは、もしかしたら、犯人が、起爆装置のスマホを操作する時間を確保するための指示なのかもしれない。

「起爆装置のスマホって、ロックはかかってなかったんですかね？」

何気ない調子を装って、沢村さんが問いかける。矢野口さんが答えた。

「かかってなかったんじゃないかね？　誰が用意したんだか知らないけど、もともと、爆弾を起爆させるためだけのスマホだから、わざわざ設定しなくてもおかしくない。その方が早く使えるし」

「でも、今はもうロックがかかってるかもしれない訳ですね」

「そりゃ、そうだろうよ」

犯人以外にスマホを開くことが出来なくなっているとしたら、それを所持しているところを押さえるのは、却《かえ》ってわたしたちの首を絞めかねない。それを解除するか否かは、結局、犯人の心一つということになってしまう。

あの起爆装置は即座に使える状態だったのだろうか？　爆弾を造っていたものたちは、ネットに繋がるスマホを作業小屋に置きっぱなしにするだろうか？　そう思ったけれど、最近は維持費がほとんどかからない契約プランもあるし、プリペイド式のＳＩＭカードもある。わざわざ本土に持って帰ることもないと考えたとしても不思議はない。

みんなはそれぞれ勝手に思案を始め、しばし沈黙が起こった。

顔を突き合わせていることに疲れて、各々、ソファに座ったり、ドアに凭《もた》れたり、集中は途切れつつあった。

窓際に立っていた藤原さんの方から、不意にカチ、という物音がしたので、みんなは一斉にそちらを顧みた。

彼はポケットから取り出したスマホの画面を見ていた。

みんなの視線を受けて、藤原さんは、自分が極めて危険な行動をしているのにようやく気づいたようだった。うわっ、と声を上げ、スマホを取り落としそうになった。

そして、慌てて弁明した。

「――いや、どっかに連絡しようとした訳じゃないすよ。たまたま通知が来て、癖《くせ》で見ちゃっただけです。ロックもまだ解除してないし。ほら」

藤原さんはこちらに動画サイトの通知が表示された画面を翳してみせると、急いでスマホをポケットに仕舞った。

しばしみんなは息を殺した。彼が犯人の怒りを買って、神罰がくだるのではないかと怯《おび》えた。

何ごとも起こらない。もちろん、犯人がどう思ったにせよ、この場でいきなりスマホを取り出して、起爆装置を作動させるはずはない。

彼の行動をきっかけに、沢村さんは提案した。

「犯人は、私らはスマホを持ってちゃいけないって言ってる訳ですよね。回収して、封印しておけって。

とりあえず、従いましょうか？　また誰かがうっかり触ったりして、惨事が起こったらまずいでしょう」

指示書きには、そう書かれていた。

反対者はいなかった。藤原さんがうっかりスマホを使いそうになった瞬間の緊張が、他に選択肢を与えなかった。

みんなはスマホを取り出し、テーブルの上に置いた。

「大室さん、私らのスマホを入れられるものって、何かあります？」

「はあ。探してみます」

沢村さんに言われて、父は別荘内を捜索に向かった。

しばらくして、父が見つけてきたのは、ナイロン生地のナップザックだった。

「これでいいですか？　封印って、どうすればいいのか分からないけど――」

「誰かが勝手に開けたら、その痕跡が残るようにしたらいいんですよね？　紙にみんなでサインをして、それをホチキスでナップザックの口に留めたらどうですか？　開けたら、絶対に紙が破れるようにしておくんです」

綾川さんのこの案が採用になった。伯父の部屋の引き出しから、文具類を持ち出してきて、スマホはナップザックの中に封印された。

それが済むと、野村さんが大事なことを指摘した。

「あの、私たちが玄関前に集まったのって、正確には何時くらいでしたっけ？　そろそろ、三十分は経つんじゃないですか？　一旦、バラバラにならないと――」

そうだった。

みんなは、疑心暗鬼に満ちた目で互いを眺めた。どうするべきかは分からない。しかし、やはり犯人の指示を無視する勇気はない。

最初に、矢野口さんが応接室を出ていった。次に藤原さん、それから草下さん、野村さん、沢村さんが部屋をあとにした。各々、寝室に向かったようだった。

わたしと父、綾川さんが残った。

「里英ちゃん、部屋に行く？　それともここに残る？」

綾川さんに問われる。わたしたちは同じ寝室だから、どちらかは応接室に残っていなければならないことになる。

「どっちがいいですか」

「私はどっちでもいいよ」

「――じゃあ、わたしここに残ってます」

「そっか」

綾川さんも、やはり緊張した面持ちだった。彼女は父を見て、退室を促した。

五分の間、応接室に一人きりになった。混乱を極めた頭を整理するにはまるで不十分な時間だった。

やがて、みんなは応接室に戻ってきた。

この時間に、犯人は起爆装置の操作を行ったのだろうか？　犯人以外の誰もが気になっているようだったけれども、もちろん、詮索《せんさく》はしない。

草下さんが、五分前の相談を再開した。

「あの爆弾が爆発したら、やっぱり、逃げ場はないよねえ？　あの作業小屋だけじゃなくて、バンガローにも爆薬があるんだし」

作業小屋が爆発したら、バンガローも誘爆する。爆弾の正確な威力は分からないけれども、ざっと、大型トラック何台分かの量があるのだ。犯人にとっては好都合なことに、バンガローは各所に均等な間隔で建っていて、島のどこにいても、無事では済まないのは間違いない。

「っていうか、こういう話って、しても大丈夫なんすかね？　脱出方法を検討してるって犯人に思われたらまずいんじゃないですか？」

「いや、状況を確認してるだけだから。逃げようとしてるんじゃない。これくらいの話はしていかなきゃ、しょうがないでしょ」

「でも、犯人が何をきっかけにヤケを起こすかは分かんないっすよね？」

藤原さんと矢野口さんが議論しているのは、犯人以外のみんなが気にかけていることだった。

わたしたちに啓示されているのは、十の戒律だけだ。

カレンダーの切れ端に、みんなは畏怖《いふ》の眼差しを向ける。まさしくこれは『十戒』である。

それをどう読むか、全てが犯人の意図通りとは限らない。その意思もなく戒律を破ってしまって、起爆装置が作動でもしたら、全員が無駄死にする。

「なんか――、宗教学者の話みたいになってきましたね。『十戒』の解釈の問題ですよね？　それを間違えたら、大変なことになる訳ですからね」

沢村さんは難しい顔で、腕組みをした。不用意なことを口にしないように、みんなを牽制《けんせい》しておこうとするみたいだった。

「俺らで議論しても意味ないでしょ。多数決じゃなくて、犯人の考えに従えってんだから」

草下さんの言う通りだ。

「何をするにしても、意思を確認出来た方がいいんじゃありませんか？　――これを書いた人の」

野村さんは不安げにカレンダーの切れ端を指差す。「犯人」という言葉を避けていた。それが殺人犯を刺激することを恐れているようだった。

「俺らで話し合うんじゃなくて、神託を受けろってことね。犯人の」

この状況下では、犯人は神に等しかった。『十戒』に納得がいかなかったとしても、それを疑うことで、神の怒りを買う恐れがあるのだ。

沈黙が生じた。

すると、成り行きを見守っていた綾川さんが、控えめに口を開いた。

「疑問があった時、犯人に返事を貰えた方がいいってことですよね」

「そうだけど、誰が返事をしたんだかは分かんないようにしないといけないからな」

確かに、応答するのは犯人にとってはリスクが大きそうである。

「どうしたらいいかな。例えば――」

綾川さんは、窓際に置いてあったガラスの花瓶《かびん》に目を留めた。

どこかの海辺から集めてきたらしい小さな貝殻や、ビー玉くらいの大きさの丸っこいきれいな石が詰め込まれた、別荘らしいインテリアの花瓶である。

「大室さん、どこかに、中身の見えない袋ってないですか？　二つ必要なんですけど。なるべく、巾着袋《きんちゃくぶくろ》みたいに、口が絞れるようになってるのがいいです」

「え？　はい、まあ何かあると思いますけど――」

父は応接室を出て、別荘の奥に向かった。やがて、洗濯室にあったクッションカバーを二枚持って戻ってきた。

「これでいけます？」

「あ、ちょうど良さそうです」

黒い麻生地の、正方形のクッションカバーである。一辺にファスナーがついていて、クッションを出し入れ出来るようになっている。

綾川さんは、一枚のカバーに、貝殻や石を何掴みか入れ、テーブルに置いた。もう一枚は、拳《こぶし》が入るくらいファスナーを開け、その隣に並べた。

彼女が何をしようとしているのか、みんな、おおよそを察したようだった。

「この中に、貝殻と石を適当に入れました。何個入れたかは私も把握してません。犯人に質問がある時は、これを使うことにしたらどうでしょうか。とりあえず、イエスなら貝殻、ノーなら石、とかっていう風に決めておいて、犯人にはそれで返事をしてもらうことにするんです」

一人ずつ、クッションカバーから貝殻か石を選んで、もう一方の空のカバーの中に入れていくのだ。犯人以外はみんな貝殻にして、犯人だけが、どちらかを選択する。

全員が投票したら、カバーを開ける。中に入っているのが貝殻だけだったら、答えはイエス、石が交ざっていたらノー。

「どうでしょうか？　これなら、匿名性を保ったまま、犯人に質問が出来ると思ったんですけど」

安全度の高い、いい方法だと思った。犯人がうっかり石を取り落としでもしない限り、その正体がみんなに知られることはない。

「訊けるのは、イエス、ノーだけなのね。まあ確かに、そうするのがいいのかな。本当にこの方法でいいのか、それを犯人に訊く方法は無い訳だけど」

矢野口さんはみんなの顔を窺いながら言った。犯人には、この方法に不服はないはずである。

「じゃあ、試しに訊いてみますか？　私らは、今の状況について、もうちょっと相談を続けます。逆《さか》らおうとかじゃなく、現状を把握するためです。構わないですよね？」

沢村さんは虚空に向けて呼び掛けた。

彼はクッションカバーに腕を差し入れ、中身を選ぶと、しっかりと握り込んだ。そして、もう一枚のカバーに手首を入れ、それを投じた。

一人ずつ順番に、同じことを繰り返す。わたしは五番目だった。貝殻を選んで、拳をカバーから抜く時には緊張を覚えた。握っているものが、指の隙間《すきま》からはみ出さないように気をつけねばならない。

全員が投票を終えると、ファスナーが開かれた。

八つの貝殻が入っていた。犯人の返答はイエスである。

「今のところ、私らに文句はないってことですね。犯人は」

沢村さんは、弁明するような口調で言った。

「ともかく、話し合うべきことを、話し合ってしまいましょう。そして、犯人も、それ以外も、無事に帰れるように努めましょう。

そう、もし爆弾が作動したら、この島にはどこにも逃げ場はないだろうって話をしてたんですよね。当たり前ですけど」

「海に飛び込む、とかいうのも駄目ですからね。もちろん」

父はそう応じた。口ぶりは、従順を示して媚《こ》びているみたいだったけれども、間違いない事実だった。

枝内島の周囲は流れが速く、泳ぐのは危険だということは、子供のころから散々言い聞かされてきた。そうでなくとも、今は十一月で、海水は冷たくなりつつある。爆発を逃れて海に入っても、助かる確率は高くない。そもそも、わたしは泳げない。

小山内さんの死体がある、崖下の岩場なら、もしかしたら爆発には巻き込まれないかもしれない。

しかし、あの崖を降りる方法は、わたしたちにはない。峻険だから、ロープなどを使う必要があるのだけれど、そういった備品の多くは作業小屋の中で、犯人の手で施錠されてしまっている。それに、あの崖の近くにはロープを引っ掛けられるとっかかりがなかった。

大体、崖の下に降りたところで、爆発によって崩れた岩の下敷きになることは十分あり得る。

島にいる限りは、爆死の危険から逃れることは出来ない。

死体を発見してからの、信じがたい出来事の連続のせいで麻痺《まひ》していた恐怖が、じわじわとわたしの心に迫り上がってきた。見渡す限り境界のない、開放的なこの小さな島に、わたしたちは厳重に閉じ込められていた。

逃げ道は、犯人の抜け目の無さと、地形の偶然によって精妙に塞《ふさ》がれていた。全員の命が犯人の気まぐれに左右されるという現実を、受け止めない訳にはいかなかった。

「あとは、作業小屋の鍵がどこにあるか、か。まあ、どこかに隠してるんだろうけど――」

草下さんはそう呟いてから、みんなの顔を見て、慌てて付け足した。

「――いや、だから、鍵を見つけ出して、起爆装置を止めるってのも無理だって話ね。犯人に従うしかないってこと。それだけ」

指示に背いて、わたしたちの安全を確保しようとするなら、残された方法はそれだった。作業小屋の中に入り、起爆装置を解除するしかない。

しかし、犯人が鍵をどこに保管しているかは分からない。身辺検査をする訳にはいかないし、もしかしたら、海に投げ込んでしまった可能性もある。そうしたとて、犯人は困らないのだ。

作業小屋は、ドアのつくりはしっかりとしているし、窓の雨戸も閉まっている。こじ開けるのも難しいだろう。それに、起爆装置が簡単に解除できるとも限らない。

藤原さんが、茶髪の頭を掻《か》きむしる。

「犯人は、いざとなったら、全員を巻き添えにして、自分も死ぬつもりってことっすよね？　そういう覚悟があるんですよね？」

「それは、そうなんでしょう。人を殺したことがバレたら、人生おしまいみたいなもんですから。その時には、逮捕される前に島ごと爆破して派手に死のうって考えるのも、殺人犯的には、やってもおかしくないですね」

沢村さんがそう応じた。

「――ミステリで、こんな感じの話ってよくあるじゃないっすか。脱出出来ない孤島で殺人が起こって、その場にいる人だけで犯人を見つけないといけなくなる、みたいなの。でも、これってその逆ってことっすよね？　俺たちは、殺人の起きた島に閉じ込められてて、三日間は出ちゃいけない。

そんで、三日の間、俺たちは絶対に犯人を見つけちゃいけない。もし見つけちゃったら、犯人を含め全員死亡。こういうことっすよね？」

すでに分かっていたことが、改めて宣言された。みんなは緊張を滲《にじ》ませる。

不安になって、思わず綾川さんを見た。さっきから口数の少なかった彼女はしかし、どうにかわたしを安心させようとするみたいな視線をこちらに向けていた。

草下さんがぼやく。

「犯人を見つけないっていうのはいいんだけどさ、でも、犯人の方でも気をつけてもらわないと。我々に知ろうとする気がなくても、そっちのミスで分かっちゃうってこともあるでしょ？　うっかり犯人しか知らないことを喋っちゃう、みたいなことでさ。

そんで全員死ぬってなったら、当たり屋だよ。いくらなんでもバカバカしい。三日ここにいろっていうんなら、その間、絶対に犯人だってバレないように、ちゃんと考えてくれないと」

全くもってその通りだ。

ずっと気になっていたことを、野村さんが代わりに口にした。

「そもそも、犯人が私たちを島に足止めしようとするのって、何のためなんでしょう？　――あの、こういう話って、したらまずいでしょうか？」

「大丈夫じゃないの？　犯人を特定しようってんじゃないし。なんで我々がここにいなきゃいけないのかを考えるだけでしょ？」

草下さんはそう言うけれども、しかし、考えていくうちに、犯人の正体に行き当たってしまうことはあり得ないのか？

綾川さんが口を開いた。

「三日間っていうのは、もしかしたら、証拠隠滅のための時間かもしれません。

犯人は、すぐにここに警察を呼ばれたら困るんじゃないでしょうか。ここを捜査されたら、自分が犯人だって分かっちゃうのかも。

だから、三日間の時間を稼いで、その間に、科学捜査をしても犯人が特定されないようにしようとしてるんじゃないかと思うんですけど」

矢野口さんが反論する。

「いやでも、それ、具体的にどういうこと？　証拠隠滅ってもさ、小山内君の死体は、崖の下にある訳だよ。犯人も、そこには立ち入れないでしょ。

それに、残った証拠って何？　凶器のボウガンとか？　でも、そんなのは海に投げ込んじゃえばいいんじゃない？」

犯人は、伯父の部屋のクロスボウを持ち出した訳だけれども、それは処分されたのだろうか？

「証拠が何かを推測するのは、犯人を特定することになりかねないので、やめた方がいいと思います。でも、例えば、こんなことは考えられるんじゃないですか？

小山内さんの死体は、崖の下の岩場に落ちていました。矢野口さんがおっしゃった通り、誰も、そこに立ち入ることは出来ません。

崖を降りていくことが出来ないのはもちろんです。それに、大室さん、ボートとかを使って、海から近寄るのも難しいんですよね？」

「え？　ああ、はい。そうです」

綾川さんに問われて、父は歯切れ悪く答える。

枝内島の周囲は岩場ばかりで、桟橋のあたり以外は、うっかり船で近寄ると座礁する危険があるのだ。

「だから、小山内さんの死体は、警察の人とか、海上保安庁の人がちゃんと装備を整えた上でないと回収出来ないんですよね？

なら、死体とか、ボウガンの矢に証拠が残っていたとすると、犯人は困りますよね。手の届かないところにある訳ですから」

「ボウガンの矢に、犯人の髪の毛が絡まってるとか、そんな話？」

「はい。例えばです。本当のことは分かりませんけど、死体の周囲に証拠が残っていないかを犯人が心配している可能性はあります」

「じゃあ、この三日間っていうのは、時間稼ぎってことですか。警察が来ないようにしておいて、その間に証拠をどうするか考えようっていう？　でも、待ったところで、崖の下にはどうせ行けないんでしょう？」

「そうですね。でも、犯人にとっては、三日間待つのには意味があるのかもしれません。高波が来て、証拠を洗い流してくれるかもしれないですし。それに、あの、昨晩の夜空を覚えてますか？」

急に綾川さんはロマンチックなことを言い出した。昨晩の夜空？　よく晴れていたのは確かである。

「昨晩の月は、上弦を何日か過ぎていて、あと三日くらいで満月のようでした。ということは、そろそろ大潮ですよね？　潮位が上がって、死体周辺が海水に浸かれば、証拠を隠滅出来るだろう、というのが犯人の狙《ねら》いかもしれません」

なるほど、と思った。少しでも捕まる確率を下げようとするなら、そんなことを考えてもおかしくはない。綾川さんの言うことは、案外本当なのかもしれない。

しかし、他のみんなは、この話に不安を大きくしたようだった。

矢野口さんが言う。

「それ、かなり不確実だな。仮にそうだとして、三日後に、犯人が、証拠隠滅が出来てないって判断したらどうなるの？　俺たちは、ずっとこの島にいなきゃいけないってこと？」

「いや、それは無理ですよ。食料もそんなにないし、ガソリンも限りがあるし」

父はそう答えた。

草下さんも、父に同調する。

「そもそもね、我々は犯人に三日間ここにいろって言われてる訳だけど、それ以上はかなり厳しいよ。

犯人に逆らうとかじゃなくてさ、本土には、我々がここにいるって知ってる人がたくさんいる訳でしょ？　俺だって、嫁に、島に行ってくるって言ってるし。いつまでも帰らなかったら、おかしいと思って、船を雇って様子を見に来るよ。あんまり長引いたら、絶対そうなる」

そうだ。母や兄も、もちろんわたしと父がこの島にいることは知っている。ちょっとトラブルがあったから帰りが遅くなる、とか、そんな言い訳でごまかせるのは、三日くらいが限界だろう。

「というか、みんなさ、本当に大丈夫なの？　犯人に言われた通り、三日間、帰らなくても怪しまれないように、家族とか会社に連絡出来るの？」

草下さんに問われて、みんなは考え込む。

やがて、まず父が答えた。

「まあ、三日間なら、なんとか。ちょっと島の管理ですぐにやらなきゃいけないことがあった、とか言えば大丈夫でしょう。一回だけじゃなくて、定期的に連絡はしていいんですよね？」

指示書きには、本土の人たちに怪しまれないための連絡をするよう書かれているのだから、問題はないはずである。

「里英も大丈夫だよな？」

「うん。別に、何もないし」

こんな時でも、わたしは父が他人の前で家族の馴《な》れ馴《な》れしさを示すのに、抵抗を感じてしまう。

「私も、なんとかなりますね。平日ならどうなったか分からないけども、今日から三日なら」

沢村さんが言った。

明日から三連休である。急に島から帰れなくなったことを職場の人に納得させるのは難しいだろうから、この旅行の日程は、犯人や、あるいはわたしたちにとっても幸いだったのかもしれない。

綾川さんも続いた。

「私も大丈夫です。三日間帰らなくても怪しむ人はいないので」

野村さん、矢野口さん、藤原さんも、島に残ることはなんとか出来るだろう、と答えた。

「じゃあ――、犯人の言う通り、三日間、ここで過ごすってことになるのかな」

草下さんの口調は曖昧《あいまい》だった。みんなは、無言で頷き返す。

犯人以外の誰もが、半信半疑なのだ。本当に、作業小屋の起爆装置はセットされているのか？ いざとなった時、犯人は全員を爆殺する覚悟をしているのか？ 脅しは、脅しに過ぎないのではないか？

犯人を信じることは出来ない。

しかし、従う以外の選択肢は見つからない。『十戒』を軽視して、神罰が下った時の犠牲は計り知れない。どんなに疑っていても、神を試すことは出来ないのだ。

沢村さんは、ナップザックに手をかけた。封印を解くと、恐る恐る、自分のスマホを取り出した。それをテーブルの上に置き、みんなに画面が見えるようにしてから、ゆっくりとロックを解除した。

「じゃあ、まず、昨日の船長に連絡しますよ？ 午前中に電話するって話にしてましたから。迎えは、三日後って伝えます」

発信履歴を開くと、沢村さんは数件前の番号をタップし、スピーカー通話をオンにした。

「あ、お世話になっております、沢村です」

――ああ！ ねえ、今日何時に行きゃいいの？

「あの、それなんですけど、ちょっとここに泊まるのを延ばそうと思ってまして」

――ええ！　何で？

こちらの正気を疑うような胴間声である。

「もうちょっと島の様子をよく調べたいな、と思いまして。それに、せっかくなので、休暇も兼ねて、三日後まで延長することになりました」

――本当？　食べ物とかあんの？　大丈夫？

「大丈夫です。とにかく、三日後でもいいですか？　また連絡しますんで」

――まあ、今日は行かなくていいのね。はいよ。三日後ね。


通話が切れると、みんなは、悲愴《ひそう》感と安堵《あんど》の入り交じったため息を漏らした。島に残ることは納得してもらえた。同時に、ここで三日間を耐えなければならないことも決定的になった。

「あと、すみません、一応ちょっと彼女に連絡してもいいですか？」

沢村さんは早口で言うと、ＳＮＳアプリを開いた。二十代後半と見える、茶髪のボブカットの女性のアイコンをタップすると『ごめん　ちょっと仕事で帰れなくなったので　来週でよろしく』とメッセージを送り、急いでアプリを閉じた。

気まずさに乗じるように、父が手を挙げた。

「次、僕が家族に連絡してもいいですか？　電話出るか分かんないけど」

父は、ナップザックに右腕を突っ込んで、コルク製のストラップをつけた自分のスマホを探した。

一分近くもコール音が鳴ってから、母はようやく応答した。

「あ、お母さん？　えっとね、実は、ちょっと帰るのを遅らせることになりそうなんだけど」

──はあ？　どうして？　いつ帰るの？

「それがね、三日後くらい」

──三日後！　何言ってんの？　何で？

「いや、建物が傷み始めてて、応急的な保守管理をやっちゃった方がいいって、工務店の人に言われたから。そんなにしょっちゅう来られないでしょ？」

──そんなこと、ある？　あなた騙《だま》されてない？


父は困った顔でこちらを見てから、スマホのマイクに向き直った。

「それと、里英がさ、せっかく来たからもうちょっといたいって言ってて。ほら、最近勉強ばっかりで張り詰めてたでしょ？　息抜きさせとくのもいいかと思うよ。これから先は、本当に集中しなきゃいけない時期になるし」

──だから、去年そんなこと言って落ちた訳でしょ？　三日って。どんだけ休む気？

「いや、まあ、そうなんだけど」

言葉に詰まった父に促されて、電話を代わった。

「あの、お母さん？　うん、わたし。すごくリラックス出来たから、もうちょっといたいと思って」

――何で急に、そんな呑気なこと言い出したの。いい加減にしてよ。本当に大学行く気あるの？

「あるよ。あるって。帰ったらちゃんと勉強するから。こっちでも、ちょっとはやるし」

――やる訳ないでしょ。そういう言い訳はいいから。どうなってんの？　二人して。

母は絶句した。それ以上かける言葉も思いつかなかったか、帰ってこいと説得するのは諦めた。呆れたため息とともに、通話は切れた。

顔を上げると、みんなは、母との会話が、島の緊急事態とまるで釣り合っていないことに面食らっているようだった。路上で駄々を捏《こ》ねる子供を見る時のようなよそよそしさがほのかに漂っていた。

みんなが疎ましくなった。同時に、今のが、母との最後の会話になるかもしれないことに思い当たって戦慄《せんりつ》した。サボり半分に島に留まっていると思っていた夫と娘が粉微塵《みじん》に吹き飛んだことを知った母の、残りの人生を想像するのは恐ろしかった。

「里英は？　誰かに連絡しなくていいの？」

「うん。別に、大丈夫」

週に何度もやりとりをするような友達は、二人しかいない。最後に連絡が来たのは、昨日の夕方だった。高校二年の時の同級生で、わたしが勧めたアニメについて「面白かったけど、ヒロインの喋り方がキモかったのと動きが全体的にモッサリしてるのが気になった」という感想が送られてきた。

普段なら「作画そんなに悪くなくない？　ヒロインがキモいのは同意」とかいうことをすぐに返信するのだけれど、昨日は爆弾の発見で、それどころではなかった。

返事がないと、友達は不審がる。しかし、彼女はわたしがこの島にいることは知らないし、三日くらい連絡をしなかったところで問題はない。そんな内容を、全員が見守る中で返信する気にもならない。

「私も、今は、連絡しないといけない人はいないです。これからしなきゃいけなくなるかもしれないですけど」

綾川さんも、足並みを揃えるように言った。

続いて、草下さんと、野村さんが電話をした。

草下さんの奥さんは、仕事のために三日間彼が帰らないという知らせを、疑問も不服もなく受け止めた。

シングルマザーの野村さんは、小学生の息子を妹夫妻の家に預けていた。一泊の予定だったが、仕事の都合で三日間延長させて欲しいと頼むのである。

野村さんと妹さんのやりとりは、痛々しかった。

——ええ？　ちょっと、本当に仕事？　旅行に行く気じゃないの？　やめて欲しいんだけど。うち狭いんだし。あのね、翔《しょう》君を預かってると、沙彩《さあや》がすごい嫌がる訳。勝手に部屋に入ってきて、ものを持っていったりするって。ちゃんとしつけてから連れてきてくれない？　自分のじゃない子供を叱《しか》るのって、ほんとにストレスがすごいから。

五分ばかりの間、妹さんは文句を垂れ続けた。世慣れて、きりっとした印象だった野村さんは、電話口に、「ごめん、今回だけ、あと三日――」と繰り返す。

わたしたちは聞かなければならない。犯人にそう指示されている。こっそり島の変事を伝えることのないよう、見張っていなければならないのだ。

ともあれ、どうしても帰れないから息子を預かってもらいたいというお願いは聞き入れられ、電話は切れた。

「失礼しました」

野村さんは呟いた。

残ったのは、矢野口さんと藤原さんだった。

藤原さんは、差し当たり誰かに連絡する必要はないそうである。矢野口さんは、仕事で一応連絡をしておきたい、と言ってスマホを取り出し、テーブルの上でパターンをなぞり、ロックを解除した。

そして、メールアプリを開きかけたけれども、しかし気が変わったように、画面をオフにしてしまった。

「――やっぱり、やめておこう。絶対しなきゃならん連絡でもないな。犯人の反感を買っても困るし」

　スマホはナップザックに戻された。

「そういや、小山内君の知り合いは大丈夫なの？　我々には、どうにも出来ないけど」

　草下さんの指摘に、みんなはハッとした様子だった。小山内さんの家族が、連絡が無いのを心配して島に来てしまったりしてはまずい。

「大丈夫だと思いますけどね。小山内さん、一人暮らしなんで。いなくなっても、三日以内に誰かが心配しだすってことはないすね」

　同僚の藤原さんが、暗鬱《あんうつ》な調子で請け合う。わたしたちは、死者が孤独な暮らしをしていたことを喜ばなければならない。

　犯人の要求には応えた。『十戒』の三つ目はしっかりと守った。これから三日間、島には誰もやってこない。


　それから、コピー用紙に一人ずつサインをした。それをホチキスで留めて、スマホのナップザックは、再び封印された。

　万全を期すため、ナップザックは、応接室の隅の隙間に保管されることになった。

そこには、二つの大きなキャビネットが直角に置かれている。ナップザックを取るには、それを動かさなければならないようにするのである。

　キャビネットは、一人で動かすのは困難な重量である。それに、移動する時にはガタガタと大きな音が鳴る。こうしておけば、血迷った誰かが封印を無視してスマホを持ち出すのを防ぐことが出来る。面倒だけれど、スマホを使う時にはこの手順を繰り返すことになる。

「――これで、犯人も、文句はないですよね？　訊いてみますか？」

沢村さんの発案で、再び、犯人の神託を受けることになった。

一人ずつ、貝殻と石の入ったクッションカバーに腕を差し込む。八人が投票を終えると、カバーは開かれる。入っていたのは、八つの貝殻。

スマホの封印方法は、犯人のお気に召したようである。

「じゃあ、これから三日、とにかく全員で、安全に過ごしましょう」

そんな挨拶とともに、わたしたちは解散した。応接室に再集合してから、そろそろ三十分が経とうというころだった。

三

わたしはやはり応接室に居残っていた。最低五分間は、一人きりで過ごさなければならない決まりである。

立っていると、貧血の前触れのように視界がちらついた。倒れ込むようにソファに伏せった。混乱と恐怖が頭の中で混じり合って、思考を妨げた。幼いころの思い出を冷やかしにやってきたつもりだったのに、島は今や、捩《ね》じくれた論理によってわたしたちを閉じ込める監獄と化している。

目を瞑《つぶ》ったまま、ぼんやりと、まぶたの裏の暗闇《くらやみ》に意識を漂わせた。

現実を受け止める気にならないのは、その論理が、まるで夢の中の論理のような気がするからだった。

スマホは通じる。天気も良い。なのに、ここから出ることは出来ない。

今は、目覚めたばかりの、半醒《はんせい》の時なのではないか？　少しして、頭がはっきりすれば、悪夢の記憶が薄れていくように、怖がっていたものが、ただのばかばかしい勘違いだったことに気づくのではないか？

しかし、この非現実的な状況を反芻《はんすう》してみると、どこをどう探しても、犯人の戒律を無視して、助けの船を呼ぶことを許す理由は見つからないのだ。どんなに信じがたくとも、本当に爆弾が仕掛けられている可能性は否定することは出来ない。

考えが同じところを周回して、その結論を通過する度に、パニックを起こしそうになる。

どうすればいい？　――綾川さんだ。彼女の他に、相談をするべき相手はいない。父では駄目だろう。こんな時に、役に立ってはくれない。

意を決して、ドアを開けた。

廊下には、綾川さんがいた。五分はすでに経っていた。

「あ、里英ちゃん？」

綾川さんは、わたしが出てくるのを待っていたような様子だった。

あたりを見回す。みんな部屋にこもっているようで、廊下に、他の人影はなかった。

綾川さんはわたしを気遣いつつ、辺りに聞こえないように押し殺した声で言った。

「大丈夫？　とんでもないことになっちゃったね」

「――はい。わたし、本当に、どうしていいか分からないんです」

「そうだね。私も、正直困ってる。でも、考えた方がいいことはあるよ。里英ちゃんとも相談した方がいいなって思って。昨晩、同じ部屋で寝てたのは、私と里英ちゃんだけだもんね」

彼女は穏《おだ》やかに微笑《ほほえ》む。

なかなか返事は思いつかなかった。

どこかのドアの開く音がした。わたしと綾川さんが音の出所を探していると、洗濯室から、父が現れた。

「あ――、里英?」

無神経な足取りで、父はこちらに近寄ってくる。

こちらの様子を訝っているようだった。廊下に並び立って、泣き出しそうなわたしを綾川さんが慰めているような格好になっていた。

父が現れたのに綾川さんは戸惑い、ためらうようなそぶりを見せた。わたしと二人で話そうとしていたけれども、父を交えるべきか、迷っているようだった。

しかし、父の方はわたしと話がしたいようである。やがて小声が届く距離になると、彼女は意を決して、静かに呼びかけた。

「大室さん、ちょうどよかったです。他の人がいないところで、相談をした方がいいと思っていたんです。この状況について」

「相談? 僕とですか?」

父は戸惑って、辺りを窺う。それが、犯人に聞かれてもいい話なのかを心配しているようである。

綾川さんは一層声を低くした。

「廊下で話さない方がいいですね。応接室に入りましょう。里英ちゃんも、いい？」

「はい」

誰も見ていないのを確かめてから、彼女はドアを開け、わたしと父を中に通した。

L字型の配置のソファの奥に、膝を寄せて座った。

なかなか会話は始まらなかった。綾川さんは、何から切り出したものか迷っているようだったし、父はただ困惑していた。

綾川さんの相談が何かはまだ分からなかったけれど、何より先に父に話しておくべきことがあると思った。

「綾川さん、その——、昨晩のアリバイのことを、話してもいいですか？　とりあえず、父にだけ。わたしたち、同じ部屋で寝てたから」

彼女は一瞬訝しげな表情を見せたが、しかし頷いた。

わたしは父に向き直る。

「昨日の夜、わたし横にはなってたけど、ずっと起きてたんだ。綾川さんは、ずっと隣で寝てた。だから、綾川さんが犯人じゃないっていうのは間違いないよ」

「そうなのか。じゃあ里英、全然休めてないの？」

「草下さんに呼ばれる前にちょっとだけウトウトしてたけど、それだけ」

眠っていたのは、明るくなってからのほんの短い間だった。それはいくら何でも、綾川さんが寝室を抜け出して殺人をし、カレンダーを破いて『十戒』を記すには不十分な時間である。

そう言うと、父は納得した様子だった。

「それで、僕に相談っていうのは？」

「はい。もちろん、この状況を切り抜けて、無事に帰宅するための相談です」

「ああ、そうですよね。しかし——、うん？」

父は首を捻る。

「昨晩、僕はあなたたちと違って、一人きりだったから、アリバイなんかないんだけど、どうして僕が犯人じゃないって分かったんですか？」

すると、綾川さんは思いもかけないことを言った。

「いいえ。それは分かりません。私は、それを否定する材料を何も持っていません。私にとっては、大室さんは犯人であってもおかしくない人です」

「え？」

声をかけられた時は、まるで信頼を寄せられたかのようだったのに、突然突き放されて父はポカンとした。

わたしにも、綾川さんの意図は分からなかった。

彼女は、落ち着き払って話を続ける。

「実は、これって、疑うとか疑わないとかの話じゃないんです。本当を言えば、大室さんが犯人でもそうでなくても、あんまり関係ないんですよね。どっちにしろ、私が相談出来る人って、大室さんしかいないんです。

私たちは、不都合なことが起こったら、自分ごと島を爆破するって、犯人に脅迫されてる訳ですよね。でも、仮に犯人だったとしても、絶対にその脅迫を実行しない人がいます」

「それが、僕ってことです？」

「はい」

綾川さんは、ちらりとこちらを見た。

父は、彼女の言わんとすることを察したようだった。

「そうか。——里英がいるからか」

「そうです。大室さんや、里英ちゃんとは、昨日初めて会った訳ですけど、それでも、万が一大室さんが犯人だとして、起爆装置を作動させることは絶対にないと私は思っています」

父が、殺人犯であることを暴《あば》かれたとしても、娘を道連れにして死ぬことはない。父が犯人だった時は、あの『十戒』はただの脅しに過ぎない。——綾川さんが言うのは、そういうことである。

彼女の白々《しらじら》しいほど平静な口振りは恐ろしかった。それは、わたしと父の関係を正確に見抜いた分析だった。日頃は散々疎ましがっていながらも、父がわたしを犠牲にすることはないと自分は信じていた。

綾川さんの話を理解した父は、彼女を相談相手にすることを受け入れたようだった。

それと同時に、父の表情には悲愴な色が表れた。

「もちろん僕は、犯人じゃないですよ。そんなことを言っても仕方ないかもしれないけど。

でもね、これって——、僕のせいってことですよね？　僕が優柔不断だったから。昨晩のうちに通報をしておけば、こんなことにはならなかった」

昨日の夕方、島に爆弾があることが分かったその時、すぐに警察に連絡してさえいれば。

そうしていたとして、本当に状況が変わったかは分からない。警察は、直ちに爆発物処理班みたいな人たちを集めて、島に駆けつけてくれるものなのだろうか。状況証拠は十分に揃っていたとはいえ、爆弾の存在を心から本気にすることは出来なかった。伝え方によっては、緊急性はないと判断されて、後日調査に行きます、という話になっていたかもしれない。

しかし、本当に危機感があったなら、船を手配出来そうなところに手当たり次第連絡をして、すぐに迎えに来てもらえば良かったのだ。

後悔は膨らんでいく。

父は、伯父が犯罪に関わっていたのではないかということが心配で、通報を躊躇《ためら》ったのだ。気持ちは分かるけれども、では、島に留まって、どうしようというのか。一晩経ったところで、状況は何も変わらない。どうせ、警察に連絡をするしかない。

だけれども、こんな事件が起こることなんて、予見出来る訳がない。爆弾の発見に混乱して、決断を先延ばしにしてしまったって、そんなに責められる謂《いわ》れはないとも思う。

しかしきっと、世間の人々には、わたしたちの判断は愚かと言われる。身内が亡くなったばかりだとか、そんな事情には構ってもらえないだろう。殺人が起こってしまった以上、それはもはや避けられない。

「確かに、すぐに通報して、昨夜のうちに島を脱出するべきだったと思います。私も、大室さんにそう勧めるべきでした」

綾川さんは、思いのほか手厳しかった。通報を億劫がるみんなに流されて、島に一泊することを受け入れてしまったのを悔《く》やんでいるのが明らかだった。そんな様子を彼女が表すとは思わなかった。

両ひじを太ももの上に置いて、前屈《まえかが》みになっていた父は、綾川さんの言葉に頭を抱えた。

「そうですね。本当に、馬鹿《ばか》だな。しかも、鍵を応接室に置きっぱなしにしたりしたから――、あの鍵を僕がちゃんと管理してさえいれば、犯人は爆弾を仕掛けて我々を脅迫したりは出来なかった訳でしょう？」

そうだよ、何してんの、と父を詰《なじ》りたくなる。

しかし、綾川さんは意外なことを言った。

「いや、それはまだ、どうか分からないです。もしかしたら、結果的に、鍵をちゃんと保管しておかなかったおかげで命が助かった、っていうこともあるかもしれないので」

「へ？　そうですか」

父は戸惑う。

綾川さんがほのめかすことの意味は分からなかった。それをすぐに説明する気はないようで、彼女は別の重要な議題を持ち出した。

「とにかく、私たちが考えないといけないのは、この島から無事に脱出することです。それ以上に大事なことはないですよね。

そこで、問題なのは、犯人が信用出来るのか、です。あの『十戒』に従えば、私たちは、三日後に船を呼んで本土に帰れるって話になってて、それに従ってる訳ですよね。

でも、犯人の言うことを信じていいっていう根拠は、結局何にもないままです」

その通りだ。脅迫されていて、逆らうことが出来ないが故《ゆえ》に、島に残ることにしただけなのだ。

「そうかもしれないですけど、じゃあ、どうしろっていうんです？」

「はい。それをご相談したかったんです」

「作業小屋の爆弾を、どうにかして無力化するっていうのは？」

「どうでしょう？　それが出来たら一番いいんですけど、実際可能かってなると、難しいですね。ドアは開けられない訳ですし、壁を壊すっていうのも無理な気がします。使える工具がないですし、一瞬で作業小屋の中に入って、起爆装置を解除しなきゃいけないですから」

作業小屋の壁を壊そうとしているところを犯人に見つかったら、その時点で爆弾を起爆されてしまうかもしれない。

「あとは、床下から、こっそり入るとかは？　まあ、流石に塞がれてるか――」

作業小屋の床下には、地下室に繋がる出入り口があるのだ。だから、上げ蓋から地下室に入って、さらに奥の出入り口から作業小屋内に侵入出来ないか、というのだけど、犯人がそんな可能性を考慮していないとは思えない。きちんと床下の出入り口も施錠しているだろう。

「そうですね。駄目もとで試してみてもいいですけど――、いや、それもやめておいた方がいいかもしれないですね。地下に出入りしてるところを犯人に見つかったら、どう思われるか分からないですから、危険すぎますね」

「起爆装置のバッテリー切れに期待するのも――、まあ、駄目か。しばらくは保つだろうしなあ」

作業小屋には、カーバッテリーが置いてあった。昨日、ブレーカーを上げた時から給電状態が続いていたから、今から作業小屋の電源を切断しても無駄だろう。

「やっぱり、今の時点で、犯人の要求に背くことは出来ないと思います。でも、思考停止して、三日後を待つのは危険な気がします。犯人の狙いが何なのかがはっきりしていませんから」

そう言うと、綾川さんはこちらの表情を窺った。わたしは頷き返した。もちろん、彼女の話を邪魔するつもりはない。

「犯人の狙いは、証拠を隠滅するための時間稼ぎじゃないんです？　さっき、そんな話をしてたじゃないですか？」

「はい、そうかもしれません。でも、本当を言うと、あれ、そこまで本気で言ったことじゃないんです。ただ、犯人を刺激しないために、当たり障りのない解釈を話しておいた方がいいかなって思ったので。

確かに、犯人が証拠隠滅をしようとしてる可能性はあるんですけど、それなら、犯人が未《いま》だにやってないことがあるんですよね。それが少しおかしいかなって」

「やってないことっていうのは？」

「ガソリンを使って、小山内さんの死体を燃やしてしまうことです」

わたしはハッとする。父も顔を上げた。

この別荘にはガソリンがある。発電機用のが、洗濯室に置かれているのだ。爆弾の持ち主が置いていったらしいと思われるものを合わせれば、結構な量がある。

「犯人は、死体や、その周辺に、加害者を特定する手掛かりを残しているんじゃないかっていうのが、私のとりあえずの説明でした。だから、海がそれを洗い流してしまうのを待ってるんじゃないかって。

でも、これってものすごく不確かですよね。大潮で、どこまで水位が上がるのかも、崖の上からだと正確には分からないですもんね。それに、犯人が気にしてるのが、指紋なのか髪の毛なのかは知らないですけど、きちんと証拠隠滅出来る可能性は高くないような気がします。

だから、もし死体か、その周辺に証拠が残っているんなら、崖の上からガソリンを撒いて、火種を落として燃やしちゃったらいいはずなんです。波になんとかしてもらうよりずっと確実じゃないですか？

なのに、犯人はそうはせずに、三日間島で待とう、と悠長に提案してるんです」

「それはでも、単に時間がなかったんじゃないですか？　殺人を済ませて、あの長い『十戒』も書かなきゃいけなかったんだから。ガソリンの缶を別荘から崖まで運んで、死体に掛けて火をつけてって、結構手間な感じがしますけどね。

じゃあ、三日っていうのは、その時間を稼ぐためなんじゃないですか？　僕らの隙《すき》を見て、崖下にガソリンを撒くための」

「いや、この事件の犯人って、そんなことをする必要がないんです。だって、あんな面倒臭い戒律を用意して、私たちに守らせてるじゃないですか。

証拠の隠滅って、自分でやらなくてもいいんですよ。『ガソリンを死体に振りかけ燃やさなければならない』というのを『十戒』の中に入れておくだけで済みます。わざわざ、誰かに見つかるんじゃないかってビクビクしながら重たいガソリンを運んだりしなくていいんですよね」

そうか。犯人は、わたしたちに、犯罪の後始末を手伝わせることすら出来るのだ。

父は、殺人の協力をさせられる可能性には思い至っていなかったようで、綾川さんの話に唸り声を上げた。

「――でも、実際には、犯人はそんなことはしなかった訳でしょ？」

「はい。そうですね」

「どういうことだろう。ガソリンを掛けるっていう方法を思いついてないのかな」

「もしかしたら、そうかもしれません。犯人が、三日間という時間を何に使うつもりかは謎です。あるいは、思い余って殺してしまったけど、後始末をどうしていいか分からなくて、とりあえず時間稼ぎのためにあの『十戒』を用意したってこともあるかもしれないです」

しかし、犯人はわざわざ伯父の部屋からクロスボウを持ち出している。はずみで殺してしまったとかいう、無計画な殺人であるはずはない。

綾川さんは、わたしのそんな考えはお見通しとばかりに微笑んでみせた。

「とにかく、犯人の目的は分からないっていう結論は変わらないですよね。だったら、犯人を放っておくのはやっぱり危険だと思います。

この事件って、そもそも、犯人の方が圧倒的に有利なんです」

「そりゃそうですよ。僕らは脅されてて、言うことききくしかないんだから」

「はい。でも、どうやって脅されてるかっていうところが問題なんです。

犯人は、自分の罪を暴かれたら身の破滅だから、その時は全員を道連れにするっていうのが、さっきの話でしたよね。

でも、よくよく考えてみると、犯人には別の選択肢もあります。他の全員を殺して、自分だけ助かるっていうことにしてもいいんです」

「何？」

「どういうことですか？」

悪魔じみたことを、綾川さんはさらりと口にした。話の行き先を見守っていたわたしも、思わず声を上げてしまった。

「ほら、あの作業小屋の中に、ゴムボートがあったじゃないですか？　小屋は爆弾ごと封鎖されて、鍵は犯人が持ってる訳ですよね。

私たちは逃げられないですけど、犯人には鍵があるから、小屋からこっそりボートを持ち出して、海に出られるってことになります。そして、爆弾の衝撃の届かないところまで漕《こ》いで、スマホで起爆装置を作動させて、自分だけはどこかへ逃げてしまうってことも、その気になれば出来る訳です」

父は目を見開き、口元をひきつらせた。

状況は、父が理解していた以上に悪い。犯人は全ての主導権を握っている。

「――だったら、すぐに作業小屋の前を見張った方がいいんじゃないですか。犯人がこっそりボートを持ち出して逃げるかもしれないっていうんでしょう？」

「見張るのなら、作業小屋の前じゃなくて、桟橋の近くですね。犯人はもう、ボートを別のバンガローとかに移動させてるかもしれないので。桟橋は一か所しかないから、その方が確実です。

でも、見張りを立てるのは、あまり現実的なアイデアではないと思います。仮に、海に逃げようとする人物を取り押さえることに成功したとして、その時は、犯人の正体が明らかになってるってことですもんね。そうなったら、犯人は私たちを道連れにして自爆してしまうかも。それか、上手くいったらその時に犯人からボートを奪えるかもしれないですけど、あのゴムボート、多分せいぜい三人くらいしか乗れないですよね。全員は逃げられないってことになります。あと、本当に犯人が慎重だったら、ボートと一緒にナイフを持ち歩いて、いざとなったら即座にボートに突き刺して、使用不能に出来るようにしておくとか、そこまでするかもしれません」

この犯人は、そこまでしたとしても不思議はないと思う。

問題はまだある。栈橋の近くに、気づかれないよう身を隠しているのは難しい。犯人は、あたりに人がいないか十分に確認するだろうし、それが犯人を見つけようとする行為と判定されたら、『十戒』を破ったことになり、わたしたちは死ぬかもしれない。

そう言われると、父も納得するよりなかった。

それにしても、綾川さんはすでに状況を念入りに検討し尽くしているようだった。彼女にしてみれば当然のことなのかもしれないけれども、その口調には全く淀《よど》みがなかった。

父は、次第に困惑から醒め、綾川さんを信頼する気になりつつあるようだった。

「見張りを立てるのは上手くいかないってのは、分かりました。でも、犯人を放っておいていいいんです？　何かしないといけないんじゃ――」

「はい。私が相談したいと思っているのは、そのことです。ただ、犯人がすぐに島を脱出して、私たちを殺そうとする可能性は低いとは思います。

そういうつもりがあるんだったら、小山内さんを殺してすぐ、夜が明ける前にボートで脱出すればいい訳ですから。

どんな事情があったかは分からないですけど、わざわざあんな『十戒』で私たちを縛りつけた以上は、無茶なことをするつもりはないんじゃないでしょうか。

問題なのは、犯人の最終的な目的が何なのかってことですよね。その過程で、私たちが犠牲にならなくて済むのなら、事件には関《かか》わり合《あ》いにならないで、全部警察に任せておいたらいいだけなんですけど」

そうだ。殺人犯が捕まるかどうかなんて、どうだっていいことなのだ。無事に帰れるのなら、犯人の邪魔をする気はさらさらない。

「しかし、その犯人の目的が分からない、と、さっきあなたはおっしゃってたでしょ？」

「そうです。三日間かけて証拠の始末をして、島を脱出したとしますよね。でも、結局私たち八人の中に犯人がいるっていう事実は変わらないじゃないですか？　すると、すごく念入りな取り調べを受けることになるでしょう？

犯人としては、とりあえず特定されなければよしっていうつもりなのか、それとも自分に疑いがかからないようにしようと企《たくら》んでいるのか、あるいは、そんなこととは全然別次元の計画があるのかもしれません。

さっきも言いましたけど、私たちに被害が及ぶ可能性がある以上は、黙って犯人に従っているだけなのはまずいと思います。表立って『十戒』に背くようなことは出来ないですけど、こっそり犯人の正体と目的を探ることはやった方がいいです」

「でも、探ったとして、それで僕らが助かるかは分からないんですね？」

情けない声を父は絞り出した。綾川さんが、事件の全貌《ぜんぼう》を明かして安心を与えてくれるのではないか、という期待が捨てきれないのだ。

理知的な話しぶりのせいで、そんな幻想が生まれたらしかった。わたしには、それが無意味であるのが分かっていた。綾川さんだって、いくら落ち着き払って全てを見通しているように見えたって、きっと、さしあたりの苦境を凌《しの》ぎ切《き》るために、手探りの論理を組み立てているに過ぎない。

綾川さんは、五十に近いわたしの父に、幼児をあやすような優しさを込めた視線を向ける。

「はい。でも、きっと大丈夫だと思います。助かる道がないってことはないはずです。犯人にも、迷いがあるはずなので。これは、綿密で完璧《かんぺき》な計画を立てて行われた殺人ではないですから」

「それは、どうしてです？」

父の思考力はひどく鈍《にぶ》っているようだった。わたしでも分かるようなことを惚《ほう》けた顔で問う。

「それはもちろん、爆弾を見つけた私たちが、この島に一泊するということが不確実だったからです。

昨晩は、何となくの流れでそういうことになっちゃいましたけど、爆弾らしいものが見つかったら、無理をしてでもすぐ本土に戻ろうっていう判断の方が、多分、普通ですよね。

だから、夜、私たちが寝てる間に小山内さんをクロスボウで殺して、爆弾を使って全員を島に足止めする、っていう計画が、事前にしっかり出来ていたっていうことは考えにくいんです。

むしろ、思いがけず殺人事件を起こしてしまって、苦肉の策で『十戒』を用意したっていう方が自然ですね」

この事件が突発的に起こったのは明らかである。

「では、小山内さんを殺した動機は何だと？」

「それを考えるために、大室さんにお話を聞きたかったんです。私、まだ研修社員で、今回の視察旅行のこともよく分かってなかったんです。アレンジメントも、ほとんど沢村任せで。だから、一緒に来る人のことも名前くらいしか知らなくて、昨日になって初めてお話ししたんですよね」

そうだったのか。意外である。

「いや、でも僕も、そんなに詳しくは知らないんですよ。沢村さんも、兄貴から名前を聞いた覚えのある人だなって思ったくらいです。最初連絡を貰った時、そういう開発会社の人がいるってことは知ってたんで、お話を聞く気になったんですよ。全然知らない人だったらお断りしてたかもしれません」

「沢村とは、それまで面識がなかったってことですか?」

「ないですね」

「お兄さんと、どんな付き合いだったかということはご存じですか?」

「えっと、兄貴がどこだかに別荘を建てる時に相談をした、とかだったと思いますよ。どこのことなんだかは知らないけど。だから、会ったことはなかったけど、まあ、流石にそんな変な人じゃないんだろう、とは思っていたんですが」

「なるほど、そうですよね。すいません、私、新人だから、沢村が変な人じゃないって自分で知ってる訳じゃないんですけど。でも、そうなんだろうと思います。

草下さんと、野村さんはどうですか? 昔からご存じだったんですか?」

「いや、いや。全然知らなかったです。ここに来ることが決まってから、沢村さんに紹介されたんですよ。草下工務店の人たちに視察に同行してもらおうと思うんですけどいいですかって、その時会社の名前を知って。

で、ホームページを見させてもらったら、草下さんと野村さんの写真が載ってました。施工事例を見たら、区役所とか小学校の体育館とかが出てて、へえ、結構大きい仕事やってるんだ、とか思ってたんですよ。会ったのは昨日が初めてです」

「お兄さんと付き合いがあったかは分からないですか？」

「確か、兄貴、草下工務店に工事を頼んだことはあるって話じゃなかったかな」

伯父は、沢村さんを通して、草下工務店を知っていたらしい。

「でも、それ以上詳しいことは何も」

「そうですか。仕方ないですね。沢村に訊いたらすぐ分かるんですけど、そんなこと出来ないですもんね。犯人を探そうとしてるって思われるだろうし」

ともあれ、綾川さんがはっきりさせたいと考えているのは、島にやってきた人たちと、伯父との関係らしい。

「羽瀬蔵不動産はどうですか？　ここも、お兄さんとお知り合いだったんですよね？」

「はあ。でもね、申し訳ない、やっぱり知ってたのは名前くらいですよ。兄貴と懇意の不動産屋ってことで、小山内さんっていう名前だけ聞いたことがあったんです。藤原さんは知らなかったな」

「矢野口さんはどうですか？」

「ああ、そう、矢野口さんだけは、昔一回だけ会ったことがあったんです。両親の遺品の整理の相談で兄貴の家に行ったら、たまたまいてね。

その時は、ほとんど喋らなかったな。挨拶だけでした。でも、やっぱり、友達ってことで、兄貴から何回も名前を聞いてたんですよ。で、今回一緒に来させて欲しいって話があったでしょう？　そういう経緯があったから、まあ来てもらったらいいかなって思ったんです」

伯父と関わりがあった、というのは、今回の旅行における、父なりの身元確認だったのだろう。故人と良好な関係を築いていたことが保証になると考えていた。だから、初対面でも気を許して、自由に過ごしてもらっていたのだ。

いざ事件が起こってしまうと、父は、薄弱な繋がりの下に集まった同行者たちへの疑惑が止まなくなったようだった。

「――今となっちゃ、うかつだとしか言いようがないですけど、僕は、一緒に来た皆さんのことを全然知らないんですよ。まさか、爆弾だの殺人だのって事態になるとは思いもしなかったから」

「それは、そうですよね。当たり前だと思います。だから仕方ないんですけど、困りましたね。小山内さんと容疑者の関係を知りたくても、調べる方法が何にもないってことですもんね」

「はあ。そりゃ、警察の取り調べみたいに、一人一人、被害者とトラブルがなかったか、だとか確認したりは出来ないですね」

戒律によって調査は禁じられている。この島に、探偵はお呼びでないのだ。

それにしても、この事件の動機は大きな疑問だった。犯人と被害者との間に何があったのだろうか？　よりによって、一泊旅行の最中に殺したのはなぜだろうか。どうであれ、迷惑だとしか言いようがない。

「それで、あなたは何か他に手掛かりを持っている訳じゃないんですか？　動機もそうですけど、怪しい行動をしてる人を見たとか、そういうのは？」

反対に父に問われて、綾川さんは右頰に手を当てた。

「いえ、特にはないですね。残念ながら」

「里英も？」

「いや、何にも分かんないって。誰のことも知らないし。夜はずっと部屋だったし」

もちろん、わたしもそんなことを答えるよりない。

「――となると、犯人を探るっていうのはそもそも無理なんじゃないです？　現場検証なんかしたら犯人は許さないんだし、僕らにはやっぱり、手も足も出ないってことのような気がしますけどね」

「確かに、現時点ではそうですね」

綾川さんは頷く。困り顔に、少しだけ苦笑いが混じっている。

「とりあえずは犯人に従うしかないのかも。でも、この先、状況が変わることはあり得ます。その時は、やっぱり犯人を見つけないとならなくなるかもしれないです」

「見つけて、どうするんです？」

「まだ、分かりません。何もしなくていいかもしれないし、もしかしたら、犯人が作業小屋の鍵を持っているところを取り押さえられるかもしれません。

そんなことはしないにしても、犯人の告発が必要になることも考えられます。それには備えておいた方がいいですから」

犯人を告発する？　綾川さんは何を考えているのか。

「そんなことしちゃって、大丈夫なんですか？」

わたしは心配を漏らすが、彼女は平静さを乱さない。

「うん、どうしても必要だったらね。——もちろん、黙ってたら無事に帰れるのに、わざわざ名指しして犯人を追い詰めて、自爆させてしまったりしたら、本当にばかですから。絶対、そんなことはするべきじゃないです。

でも、案外、告発が最善策になることもあり得ます。犯人を追い詰めることにはなりますけど、説得出来るかもしれませんから」

説得する？　何をばかな、と思った。けれど、よくよく考えてみると、それは案外有効な手段になり得るような気もした。

いかにも綾川さんが言っている通り、これは綿密な計画に基づいた殺人ではないのだろう。突然事件を起こしたことに内心慄《おのの》いている殺人犯にふさわしい言葉を探すことが、命を救うかもしれない。

とはいえ、事情が分からないままでは、そんな言葉は見つからない。

「とにかく、無茶はしないつもりです。それだけは、大室さんは安心して下さい。私も、里英ちゃんもです。ね？」

「はい」

気を奮い立たせて返事をすると、父に向けて姿勢を正した。

父は、久しぶりの再会でもあるみたいに、もの新しげにこちらを見た。きっと、父の中のわたしは、こんな非常事態の際にはもっとメソメソして、うろたえるはずだったのだろう。

廊下で綾川さんと会うまでは、そんな気持ちだった。しかし、それから父を交えて話をしているうちに、心の中に足掛かりを得た気がしていた。島から無事に帰るために必要なこと以外は、考える意味がないのだ。

綾川さんはパンツのポケットを叩いて、しかしすぐにスマホは回収済みであることを思い出した。照れ笑いをして、彼女は壁の時計に目を向けた。

「――そろそろ、解散した方がいいですね。あんまり長く一緒にいちゃいけないってことになってますし、怪しまれるとまずいですもんね」

「そうですね。それじゃあ、誰から出ます？　僕？」

父が最初に応接室を去ることになった。ドアを開けると、必要以上に足音を忍ばせて、父は自室に戻っていった。

四

午前十一時を過ぎていた。

太陽は秋空に、遮るものもなく輝いている。崖の向こうを見ると、日差しを照り返した白波が不意打ちのように煌《きら》めいて、目の奥を焦がそうとする。

わたしと綾川さんは、ぶらぶらと、島の外周の遊歩道を進んでいた。

バンガローの前で待ち合わせたのである。どこかを目指しているのではなく、相談をするための散歩だった。

何人かは、同じように島をそぞろ歩いている。やはり目的がある訳ではなく、別荘に留まっていることに耐えられなくなったようだった。

綾川さんは辺りを見回し、彼らと十分に距離を保っていることを確かめた。

「私たちが、同じ部屋に寝てたのはみんな知ってるからね。一緒にいても怪しくはないけどね」

「はい。そうですね」

アリバイが明確なもの同士がいたら、一緒に過ごそうとするだろう。みんなが不安に苛まれたこの状況ならそれは当然だから、不審がられることはない。

しかし、話の中身を聞かれるのはまずい。綾川さんは慎重だった。

「里英ちゃんは、大丈夫。落ち着いた？」

「今は、大丈夫です。冷静だと思います」

その固さを確かめるように、赤っぽい地面を踏みしめる。かかとに力を込めると、反動が全身に響いて、全てが現実であることを知らせる。

「綾川さん、これからどうするんですか？」

「いや？　さっき、里英ちゃんのお父さんに言った通りだよ。私たちが無事に帰れるように、出来ることをやろうと思ってる」

「わたしは、どうしたらいいんですか？」

綾川さんに相談したいことはいろいろあったのだけれど、それを口にする勇気が出ずに、全てを丸投げするみたいな問いかけをしてしまった。

彼女は歩みを遅くして、思案顔になった。何をどこまで話すか迷っているようでもある。

「――とりあえずは、やっぱり、出来ることはないかな。大人しくしておくのが一番かも」

「まあ、そうですよね。そうします。危険な行動をしたり、余計なことを喋ったりしないってことですよね」

「そうだね。あとは、何かあるとしたら、小山内さんのことかな。でも、里英ちゃんは何にも知らない訳だもんね」

「はい」

「でも、どうにかして調べないと駄目かな」

「綾川さんも、本当に何にも知らないんですね。小山内さんのこと」

それが、わたしには意外だった。

「知らないよ。昨日会ったばっかり」

返事には、少し危機感が滲んでいた。


島を半周し、死体のある崖のあたりまでやってきた。

綾川さんは、数時間前に八人で円を描いて立っていた、その手前で立ち止まった。

「ここ、通っても大丈夫?」

「別に、平気です」

爆弾の恐怖のせいで、崖下九メートルの死体の恐ろしさは麻痺してしまっている。

彼女は周囲を窺い、誰もいないことを確かめた。崖にそっと歩み寄ると、岩場を見下ろす。

見張りのような気持ちで、少し離れて待っていた。綾川さんも、わざわざわたしを崖際には誘わない。

「別に、何にも変わらないね。当たり前だけど」

そう言われ、綾川さんや周囲に気を配りながら、一瞬だけ崖下を眺めた。

死体は朝のまま、背中からクロスボウの矢を突き出して横たわっている。乾いていて、波しぶきがかかった様子もない。

「こういう事件の死因ってさ、多分警察が正確に検死をしたら分かるよね。落ちたせいで死んだのか、それともボウガンで撃たれたせいで死んだのか、みたいなこと」

「えっと――、分かるような気がしますけど。なんか、傷の生活反応とかを見るんでしたっけ？生きてるうちの傷か、死んでからの傷かはそれで見分けるって聞いたことがあります」

刑事ドラマで聞きかじったことである。

綾川さんも、それ以上の知識は持ち合わせていないようだった。

「ガソリンを撒いて火を付けるのって、結構大変だね。重い缶をここまで運ばないといけないし、振りかける時も、うっかりしたら崖に落っこちるよね。これ」

「身を乗り出さないといけないですね」

証拠を確実に処分したいのなら、それなりの量のガソリンがいる。二十リットルの携行缶を死体の上で振り回すのは、なかなか骨が折れるだろう。

その上、ライターや火口《ほくち》になるものを探す必要もあるから、確かに犯人には、昨夜のうちに自分でそこまでの仕事をする時間はなかったのかもしれない。

綾川さんは、崖下を見下ろしたまま、思案を始めた。

「あの、危ないですよ」

「あ！　うん、そうだね。もう、ここはいいよね」

わたしたちは遊歩道をさらに進んだ。


桟橋を通り過ぎて、そろそろ島を一周しようとしていた。

「あのね、変な風に思わないで欲しいんだけどね」

別荘が近づいてくると、綾川さんは囁《ささや》きかけた。

「私、里英ちゃんと一緒で良かったと思ってるんだ。もし、昨晩寝室に一人っきりだったら、こんなに落ち着いていられなかったと思う。ごめんね？　昨日会ったばっかりなのに、こんなこと言われたら気持ち悪いかもしれないけど」

「いや、そんなことは、ないです」

「そう？　なら、よかった。とにかく、里英ちゃんがいてくれて助かったなって。私、もちろん自分も無事で帰りたいし、里英ちゃんにも無事でいて欲しいんだ。

だから、絶対に、無茶なことはしないでねって、それだけ言っておこうと思って」

「もちろんです。分かってます」

綾川さんの言葉には、無垢《むく》なものを傷付けまいとするような優しさがこもっていた。

しかし、無茶をしようとしているのは、彼女の方だと思う。

「――綾川さんは、犯人を告発しようとしてるって言ってましたよね？　ミステリの探偵みたいに、みんなを集めて、誰が犯人だって宣言をするってことですか？」

「それは、どうしてもそうするしかなかった時の話。心配しなくても大丈夫。無駄な犠牲が出たりはしないようにするし、安全第一には変わりないから。まだ、どうするのがいいかは分からないんだ。

そろそろ別れようか。やっぱり、ずっと一緒にいるところを見られるのもよくないと思うし。私、もうちょっと外にいるから、里英ちゃんは中に戻る？」

「はい。そうします」

ターミナル駅で違う路線に乗る友達同士のように、別荘の玄関前で綾川さんと別れた。

この事件の意味は、全く分からないままだった。

綾川さんの狙いも、まだはっきりしない。でも、彼女はその言葉通り、わたしを救ってくれるような気がした。

五

昼過ぎ。食堂にて、父と一緒に食事をした。

朝食は、事件に取り紛れて忘れていた。沢村さんが買っていた惣菜パンがたくさんあったので、そこから選んだ。父はカレーパンとサンドイッチ、わたしはチーズのパンを一つだけ食べた。

食堂には、わたしと父だけだった。他のみんなはすでに済ませていたり、まだだったり、とにかく、わざわざ集まって昼食を取ろうということにはならなかった。

犯人の指示を考えたら、当たり前のことである。スマホを確認する時には全員が集合する必要があるけれども、そうでなければ、なるべく離れて過ごした方がトラブルは避けられる。

パンを食べ終わった父は、ビニールの包装を無意味に小さく纏めていた。

「お父さん」

「何？」

「これ、お父さんのせいじゃないよ。島から早く出ればよかったとか、世間の人にはそんな風に思われるかもしれないけど、でも、結局は犯人が悪いんだし。

最初に犯人が責められるべきだから。責任感じたりしなくていいよ。わたしだって、お父さんが悪いなんて思ってないし」

父は、困り顔のままだった。

「そうか？　そうかなあ」

そうではない。嘘《うそ》である。やっぱり、島に留まることにした父を詰りたい気持ちがある。

だからこそ、こんなことを言明しておかずにはいられなかったのだ。わたしが父を責めるように、誰かに自分が責められるのが怖かった。それに、万が一、こんな思いを抱えたまま父と死に別れでもしたら？　その事前清算をしておこうとする意思が、ほんの少し、紛れていなくもなかった。

「里英も、気をつけてな。絶対、無茶なことはするなよ」

父は綾川さんと同じことを言った。食べるのが遅いわたしを残し、背中を丸めてのっそりと食堂を出ていった。

午後二時ごろ。綾川さんは、二階の寝室に自分の荷物を取りにきた。

『十戒』に従うなら、わたしたちはもう、同じ部屋に休むことは出来ない。寝室には一人で休まなければならないと戒律に書かれている。

小山内さんがもういないので、寝室は足りていた。綾川さんは、彼の部屋に移ることになる。わたしでなく綾川さんが移動するのは、死者の部屋を使うことに抵抗があるだろう、という配慮である。

ありがたい配慮だった。小山内さんの残り香のする寝室にいては、平静を保っていられる自信がない。

綾川さんは、まるで気にならないようだった。彼女の意外な図太さに畏怖《いふ》を覚える。

「じゃあね。よく休んでね」

「はい。ありがとうございます」

ベッドの上に半《なか》ば寝転んだわたしに声を掛けて、リュックサックを抱えた綾川さんは一階へ降りていった。

父と綾川さんの他は、この異常事態を、どのように過ごしているのか。

応接室の会が解散して以来、誰とも顔を合わせてはいない。用もないし、合わせる必要もない。

別荘をうろつく時に視界に入る彼らは、やはりてんでんばらばらに、一人で過ごしているものが多いようだった。お互いのアリバイが証明出来ない以上、当然のことだ。顔を突き合わせていては、相手が犯人だとうっかり知ってしまう心配をしなければならないのだ。

それにしても、犯人が起爆装置のスマホを持っているところに誰かが遭遇でもしたら、大惨事である。くれぐれも、そんな事故が起こらないよう願うよりない。

小山内さんの死を、自分は全く悼んでいない。今更のように、そんな自覚が芽生《めば》えた。

彼に会ったのはつい昨日のことである。その人となりは知らないままだし、関心もなかった。今となっては、印象が残っていないことが幸いな気がした。もし、彼にお菓子でももらっていたなら、いくらか心が痛くなるだろうし、軽んじられていたと思っていたら、ざまをみろという思いと戦わなければならなくなる。何も知らなければ、無心でいられる。

彼に限らない。みんな他人に過ぎなかった。沢村さんに、結構年下っぽい彼女がいたことや、野村さんがシングルマザーだったことは、何となくイメージしていた二人の私生活とは違っていたのだけれど、だからどうということもない。もしも、犯人探しをしなければならないというのなら、容疑者たちの個人的な秘密を気にするべきところだけれども、この島ではまるで事情が違う。

綾川さんには何か考えがあるようだし、余計なことを気にせずに、大人しくしているのがいいのだろう。

そう思っているのが一番楽だと気づいた。

それからは、大の字になってベッドに横たわり、天井や、窓の外をぼんやりと眺めていた。睡魔が、一瞬だけ意識をどこかへ拐《さら》ったかと思うと、すぐ我に返った。そんなことが、何度か繰り返された。睡眠不足と、事件の緊張感が綱引きをしていた。

夕方近くになり、寝室を出る気になった。

様子が分からないことが、次第に不安になり始めたのである。造りの良いこの別荘では、ドアを閉めると、よその気配は微《かす》かにしか届かない。

廊下を抜けて、階段を降りた。別荘内は静かで、玄関ホールから奥を見通しても、人のすがたはない。

食堂へ向かった。誰かいるかもしれないし、誰もいないならインスタントコーヒーでも淹《い》れようと思った。

ドアを開けると、頓狂な声が上がった。

「おおっ？」

「あっ」

いたのは、矢野口さんだった。

彼はダイニングチェアに腕を組んで座っていた。考えごとの姿勢である。突然ドアが開いたのに面食らったが、現れたのがわたしだったのに気を許したらしかった。

「ああ、娘さんね。大室さんの。ええと――、うん」

わたしの名前が思い出せないようである。

やがて、小学生の女児を相手にするような、不器用な猫撫《ねこな》で声《ごえ》で言った。

「午前中さ、日陽観光開発の、綾川君と一緒にいたよね？　あれは何してたの？　もしかして、小山内さんのところを見に行ってたの？」

わたしは警戒で身を固めた。

彼は一体何を考えているのか？　何かを探ろうとしている。何を？

「――何っていうか、普通に、散歩してました。怖いですねって話しながら。それだけです」

「何かが分かったということもないんだね」

「いや、ないです、そんなの」

「そりゃ、そうか」

矢野口さんはテーブルに肘《ひじ》をついて、頭を抱えた。

「他に、何でもいいんだが、君や、綾川君は、何というか、手掛かり？　そういうものを見つけたりはしてない？」

「手掛かり？」

この人は何を言い出すのだろう？

少し考えて、矢野口さんの心理が察せられた。

彼はどうやら、こっそり犯人を探そうとしている。

しかし、そのとっかかりになりそうな情報が何も見つからないのだろう。もちろん、大っぴらに調査をする訳にもいかない。

そこで、どうやら昨晩のアリバイを持っているらしいとみて、わたしと綾川さんに目をつけたのだ。彼にしてみれば、他に相談の出来そうなものが見当たらなかったのかもしれない。

「手掛かりって、そんなの、何にもないですけど。というか、駄目なんじゃないですか？　犯人を探そうとしちゃいけないってことになってますよね？」

わたしには、こう答えるしかない。

「いや、それはね。別に、犯人を探すっていう訳じゃなくてね」

矢野口さんははぐらかした。では何なのか、と思ったけれども、その先は何も言わなかった。わたしがインスタントコーヒーの支度を始めると、彼は「危険だから、俺が何か言ってた、とかは、誰にも喋らないようにね」と声を掛けて、食堂を出ていった。

不用意に犯人探しのようなことを口にしておいて、勝手なことを言う。返事はしなかった。もちろん、告げ口する気はないけれど。

彼に何か警告をしておくべきだったのではないか？　コーヒーを飲んでいるうちに、そんな気掛かりが膨らみ始めた。

さっきまでは、同宿者たちにはなるべく無関心で過ごすことにしよう、と思っていた。が、矢野口さんの不穏な振る舞いは放っておいてはいけない気がした。

とはいえ、何と言うのが良かったのか？　わたしに、有効な警告が出来るのだろうか。考えているうちに、胸が苦しくなる。

日が暮れた。夕焼けはまだ、窓の外に鮮やかである。わたしたち八人は、食堂に集まっていた。沢村さんがみんなに号令を掛けて、夕食は一緒に食べよう、ということにしたのである。なるべくバラバラに過ごしている方が安全なような気はするけれども、互いを無視しあったままでは、不信感が募《つの》ってゆくばかりである。一度、全員顔を揃えて会話をした方がいいだろう、ということだった。

もしかしたら、みんなの和やかな姿を見せておけば、犯人に最悪の手段を選ぶことを躊躇《ちゅうちょ》させられるのではないか。そういう狙いもあるかもしれない。もっとも、情に訴えることがこの犯人に有効なのかは、よく分からなかった。

夕食は、レトルトのチキンカレーだった。

沢村さんの用意してきた食べ物はもう底をついた。これは、島を使っていた犯罪集団が残していったものである。少し気色が悪いけれども、他に何もないし、未開封品だから大丈夫だろうと思う。

みんながスプーンを使い始めるのを待って、沢村さんは口を開いた。

「そろそろ一日終わりますけど、でも、大丈夫そうですよね？　こんな感じで、あと二日過ごせばいい訳ですから」

「そうね。休みが潰《つぶ》れるのは癪《しゃく》だけどね。まあ、いいでしょ。全員無事で帰れるんなら」

草下さんはそう応じる。二人とも、犯人の機嫌をとる調子である。

それればかりでなく、事実、この二人は楽観的な気分になりつつあるようでもあった。結局、朝の騒ぎから今までの時間は、平穏すぎるほど平穏だった。だんだん、爆弾が仕掛けられているという、危機の実感は薄れてきていた。

「すみません、本当に。変なことに巻き込んじゃって」

彼らから離れて座る父が、テーブルごしに謝罪を投げかけた。

時間が経つにつれ、憔悴していた父にも同道者を気遣う余裕が生まれたようである。もっとも、彼らにしてみたら、父こそが犯人かもしれない、という可能性もあるのだし、だとしたらそんな謝罪は白々しいといったらない。的外れな気遣いには違いない。

一方で、朝よりも精神を消耗した様子の人もいた。

野村さんは、誰とも目を合わせなかった。カレーとご飯をほんの少しずつ、几帳面《きちょうめん》にスプーンで掬《すく》って、口に運ぶ。何十秒も咀嚼《そしゃく》し続けて、スプーンを持った手はテーブルの上で休ませる。飲み込んでからも、ぼうっと皿を眺めて、ようやく次の一口に手をつける。彼女の食事はそんな調子で、他のみんなよりも大きく遅れていた。

草下さんは、工事現場で使うような野太い声で呼び掛けた。

「野村さんさ、大丈夫？　昼も全然食べてなかったでしょ？　確か」

「はあ。そうですね」

「子供さんのことが気になるのは分かるけど、野村さんが病んじゃったらまずいでしょ。とにかく、あと二日のことだからね」

「本当ですか？　あと二日って」

野村さんは、急に語気を強めた。

応えるものはない。

「犯人がそう言ってるだけで、あと二日待ったら助かる保証は、どこにもないですよね？　犯人が戒律を増やして、もう一日とか、二日とか、要求してくるかもしれませんよね？　それとも――」

彼女の感情の昂《たかぶ》りに、みんなは、岬の上で突風に吹かれたみたいに総毛だった。

不都合な何かが起こった時、犯人は起爆装置を作動させる。野村さんの、次の一言が犯人の逆鱗に触れるかもしれない。

しかし、彼女はすぐに冷静さを取り戻した。

「――とにかく、あと二日我慢すればいいんですよね。分かりました」

ぶっきらぼうに言い放って、それからの野村さんは、感情を断ち切ったように、終始俯《うつむ》いたままだった。

和やかになりかかった夕食の席に、今朝と同じ緊張が満ちた。

向かいに座っていた綾川さんの表情を窺った。今の騒ぎに心を乱した気配はなかった。

カレーを食べ終わると、コップの水をちびちび飲みながら、みんなの様子に気を配った。

犯人の正体を探ろうとしているらしかった矢野口さんは、言葉は発さず、しかし粘《ねば》っこい目つきで、同席者をじっくりと観察していた。落ち着きなく右腕をさすっていて、その度に高価な腕時計が見え隠れする。

どうも、彼には危なっかしさを感じる。

綾川さんは、父に「犯人に主導権を握らせていては、何が起こるか分からない」と語っていた。この状況で、犯人の正体が分からないとなったら、それは当然誰しも心配しておかしくないことだった。

彼は、そんなことを理由に、何か行動を起こそうとしているのだろうか？　しかし、彼には慎重さを感じない。

止めさせるのも難しい。みんなの前でそれを指摘する訳にもいかないし、周囲に誰もいないところで諫《いさ》めたって、小娘のわたしが言うことを彼は聞かないだろう。それに、まかり間違って、彼がわたしや綾川さんに疑いを向けたりしては大変である。

結局、彼は放っておくしかない。綾川さんにこのことは教えるべきだろうか？

考えるのは後回しにした。

もう一人、日中ほとんど姿を見ることのなかった藤原さんは、大変な勢いでカレーを掻き込んで、誰よりも早く食事を終えると、苛立《いらだ》たしげに貧乏ゆすりをしていた。

彼も、ほとんど言葉を発することはなかった。野村さんの不安が伝染したのか、顔に脂汗が滲んでいる。

全員が食事を終えると、沢村さんが切り出した。

「それじゃ、今日は——、あと、スマホか。連絡しないといけない人、いますよね？　私もですけど」

「はい」

真っ先に野村さんが返事をした。

本土との交信タイムである。全員が立ち会って、互いに監視しないといけないことになっている。

五分間を各々の部屋で過ごしてから、応接室に集合した。

沢村さんと草下さん、それから父が、三人がかりで壁際のキャビネットを移動させた。

部屋の隅から引っ張り出されたナップザックには、大量の埃が絡まっていた。当然ながら、封印は朝のまま解かれていない。

「じゃ、これ、開けますよ？　いいですね？」

テーブルの上にナップザックを置くと、犯人にそう儀礼的な断りを入れ、沢村さんは、人差し指で、ホチキス留めの封印を破った。

絞られた口を広げると、一旦、彼はナップザックから手を離した。

「誰からにします？　私からでいい？」

順番なんて、どうだっていいだろう。沢村さんは、自分のスマホを摑み出し、テーブルに置き、全員に画面が見えるようにしてから、物理ボタンを押した。

ＳＮＳのメッセージが数件。クーポンの案内が三つ。他、二件は、彼女からである。「貰ったシュークリームおいしかった」「来週の土曜って何時から空いてる？」という内容だった。

彼は、手早く「休み明けくらいに連絡する」と返信した。それから、メッセージの素《そ》っ気《け》なさが気になったのか、それに添えるスタンプを選び始めた。

もちろん、全員が見ている前である。

沢村さんは、人差し指で画面をスクロールし、しばし迷って、象のキャラクターが頭を下げているスタンプを選んだ。何となく、となりの親指を立てているやつの方がいいような気がした。あまりにも滑稽《こっけい》な時間だった。みんな真剣な面持ちで、不用意な連絡をしないよう、沢村さんの指の動きから目を離さない。

スタンプを送信してしまうと、沢村さんは即座に画面をオフにし、ナップザックにスマホを戻した。

「じゃ、次は？」

「いいですか？」

野村さんが小さく手を挙げた。

彼女のスマホは、妹さんからの着信履歴とメッセージで埋まっていた。

どうやら、息子の翔君が、妹さんの家のテレビの画面を割ってしまったらしい。ホーム画面のメッセージを見てそれを悟った野村さんは、そのままスマホをナップザックに戻してしまった。妹さんに連絡をするつもりでいたが、しかし新たなトラブルの知らせに、その気力がなくなってしまったのだ。

わたしも一応スマホを確認した。昨日連絡をくれて、返信をしていなかった友達が「忙しい？」とだけ送ってきていた。

少し躊躇って、結局、野村さんと同じように、そのままスマホを仕舞った。

別に「ごめん、ちょっと何日かすぐ返事出来ないかも」とか連絡をしてもいいのだ。しかし、何ごとも起こっていない、何でもないようなふりをするのが、そんなささいなことですら辛《つら》かった。

野村さんが、妹さんからの連絡を既読にしなかった気持ちがよく分かった。

父には、母から様子を窺う連絡が来ていた。

父は発信ボタンをタップした。

「あ、お母さん？」

――うん。そっち、大丈夫なの？

「うん。いや、大丈夫だよ。里英もリラックス出来てるみたいだし」

――リラックスされてても困るんだけど。あのね、前言ったと思うんだけど、やっぱり、冷蔵庫を買い換えたいと思ってて。実はね、ネットでアウトレットのいいやつがあって、明日までセールやってるんだ。だから、そっちがどうなってるか知りたくて。リゾートの話が上手くいくんなら、買ってもいいと思ってるんだけど、だめ？

「いくら？」

――十七万だって。


父はひとしきり考えた。


「ちゃんと実物見た方がいいんじゃない？」

――そうだけど、こんなに安いことないって。大きさはちゃんと確かめたから。

「そう？　じゃあ、買っちゃったら？　こっちの話はどうなるか全然分かんないけど、まあ、なんとかするから。十七万ね」

――いい？　じゃあ、買っちゃう。はあい。じゃあね。


通話は終わった。

何気ない会話をやり通した父は、スマホをナップザックに戻すと、腕を組んでソファに座り込んだ。そして、肺の中で発酵したような、むさ苦しいため息を吐《は》き出《だ》した。

わたしはこの時の父を尊敬した。今の自分には、母と、冷蔵庫の話は出来なかっただろう。

草下さんは、いくつか仕事のメールをした。綾川さんと矢野口さんと藤原さんは、スマホの確認はせずに済ませた。

スマホのナップザックは、面倒な手順を経《へ》て、再び応接室の隅に封印された。

「これで、いいですかね。じゃ、今日は休みましょうか。あ、その前に――」

沢村さんは、しかしソファの隅に置きっぱなしにしてあった二枚のクッションカバーに目を留めた。

「一応、犯人の意向を確認しておきますか？　不満がないか」

今朝と同じ手順で、神託を受ける投票を行った。

八つの貝殻がカバーから出てくる。犯人が、不服を表明することはなかった。

こんなことに意味があったのかは分からないけれども、気休めにはなった。ノルマを終えた充足感のようなものがあった。とりあえず、今日一日は、犯人に起爆装置を作動させずに過ごすことが出来た。

六

午後九時。二階の寝室に一人きりだった。

天井の蛍光灯が眩しい。布団をかぶってしまったから、垂れた紐を引っ張るのが億劫である。

昨日と違って、窓にはカーテンが引いてある。ついさっきまでは月が中天に光っていたのだけれど、にわかに雲が湧き、大粒の雨が窓を叩き始めたので、閉めてしまった。

体を転がし、向かいの、空のベッドを眺める。

ここで綾川さんと他愛《たわい》のない話をしていたのは、つい一日前である。

すでに、数年前のことを思い出すような気分だった。この事件は、昨日と今日の間にそれくらいの隔《へだ》たりをつくっていた。今日こそ、綾川さんと同じ部屋に休むのが安心だったのだけれど、そういう訳には行かない。

犯人はこっそり島を出ていって起爆装置を作動させることもできると、午前中に父と綾川さんが論じていたのを思い出す。

それを考えると、こんなところに寝っ転がっていないで、桟橋を見張りに行かなければならないのではないか、という焦燥にかられる。

しかし、それが得策とは言えないのは、綾川さんが話していた通りである。わたしはただ、布団にくるまって大人しくしているばかりだ。

目をつぶると、冷蔵庫と相前後して娘と夫が島で爆死した知らせが届き、茫然《ぼうぜん》とする母の表情が脳裏に浮かんだ。

しかし、眠気が不安に勝った。昨日、島にやってきた時から、ほとんど寝ずじまいだったのだ。気力を絞り出して、電灯を消した。夜が何ごともなく明けることを願っているうちに、眠りについていた。

3　死体と足跡

一

　翌朝は、激しいドアノックによって起こされた。

「里英！　里英！　起きてる？　大変なことになったよ。起きられる？」

　切迫した出来事が発生したのだ。

　それにしては、父の声には年頃の娘を起こす時の遠慮が滲んでもいた。寝ぼけたわたしも、まず無事に朝を迎えたことに安堵していた。何が起こったにせよ、島が爆発していない以上、それは最悪の事態ではない。

　昨日と同じように、パジャマの上にパーカーを羽織って廊下に出た。

　父は、しょぼくれた顔でドアが開くのを待っていた。

「どうしたの」

「あのね、犯人が、また手紙みたいなのを残していった。みんなで集まって確認しに行けっていうんだけど――」

「確認？　何を？」

父は口ごもる。

「誰か、死んだの？　殺された？」

問いかけに父は答えず、階下にわたしを先導した。

玄関まで来て、スリッパを靴に履き替えようとすると、昨日までそこになかったものが目に入った。

長靴である。物置部屋にあったやつで、なぜかそれが玄関に置かれているのだ。底は泥で汚れていた。

玄関ドアは開いている。みんなは、ポーチにいびつな円を描いて集まっていた。いるのは、草下さん、藤原さん、野村さん、沢村さん、綾川さん。

わたしと父が輪に加わると、草下さんは、右手にぶら下げていた紙切れを、両手で持ち直した。

「全員来たね。それじゃこれ、読むよ。犯人が残してったんだよ」

しかし、まだ矢野口さんがいないが？

草下さんが持っているのは、カレンダーの切れ端だった。写真は、昨日『十戒』が記されていたものと連続しているようである。

語尾を乱暴に吐き捨てるようにしつつも、はっきり聞き取れる声で草下さんはそれを読み上げた。

矢野口は、犯人の正体を知ろうとしたために死んだ。それ以外に、彼が死ななければならなかった理由は存在しない。よって、同様の意思を持たないものは、彼の死を理由に自身の命を心配する必要はない。

この書状を発見したものは、別荘内の全員を集め、作業小屋の近くに置かれた矢野口の死体を確認しに行かねばならない。その後、以下のことを行わなければならない。

一　矢野口の死体をブルーシートに包み、ゴム紐で縛らなければならない。それを行う際、死体を検分してはならない。死体から物品を持ち去ってはならない。

二　地面に残った長靴の足跡を均《なら》し、消さなければならない。

以上のことが正しく遂行されなかった場合には、やはり起爆装置が作動することを覚悟しなければならない。

島に留まるべき期間はあと二日で、変更はない。全ての戒律が守られた時、本土に戻ることが許される。

書面の内容は衝撃的で、にわかには信じがたかった。

検討するべきことは多くある。しかし、その前に、確認を済ませなければならない。

読み上げた後、順番に指示書きを手渡しして、内容を全員に十分承知させてから、草下さんは大義そうに言った。

「じゃあ、行くか。作業小屋──」

そこに、矢野口さんの死体があるというのだ。

昨晩、にわか雨が降って、地面はぬかるんでいる。

ポーチの角に立って、草下さんはしばらく迷った。

そこから、二方向に足跡が続いているのである。一つは、南側からまっすぐ島の中心に向かうもので、もう一つは別荘を西側に回り込むものだった。どちらも、作業小屋に至る道には違いなかった。

「まあ──、こっちにしようか」

草下さんが選んだのは西側を通る道だった。こちらの方が遠回りだけれども、ぬかるみ具合はいくらかましである。

長靴の足跡に沿うようにして歩く。そこにあるのは一人の足跡、片道分である。

辿ってゆくと、その歩幅の不自然さが気になった。妙に大股《おおまた》で、誰とも合致していない。犯人は、特定されるのを防ぐために歩き方を工夫したらしい。

別荘の角を曲がって、島の中心部に進む。

作業小屋が近くなると、次第にそれは見えてきた。小屋の西側に、何かが横たわっていた。

先頭の草下さんは立ち止まった。みんなも倣《なら》った。覚悟を決めるように呼吸を整えてから、全員でそれに歩み寄った。

作業小屋の周囲には石畳が敷かれていて、足跡は残らない。焦《こ》げ茶色《ちゃいろ》のカジュアルスーツ姿の矢野口さんは、その上に、仰向けに倒れていた。胸に深々とナイフが突き立てられている。ナイフは、キッチンに置かれていたものだ。

表情は、死に際の苦悶《くもん》のまま固まっていた。目は見開いて、口元にはよだれが垂れたような跡があった。袖口から、高級時計が虚《むな》しく覗いている。履いているブランド物のスニーカーには、湿った泥がこびりついていた。

もちろん、覚悟をしてここにやってきたのである。死体があることは分かっていた。

しかし、それを目前にして、わたしは平静ではいられなかった。

昨日の、十メートル近い崖の下の死体とは訳が違った。こんなに間近に他殺体を見たことなんて、これまで一度もない。

ある思いが、頭の中でとめどもなく膨らみつつあった。

自分のせいだろうか？　昨日の矢野口さんは、犯人を探そうとする素振りを見せていた。きちんと警告をしていれば、彼は死なずに済んだのではないか？　しかし、何と言えばよかったのか？

自分の言葉を、矢野口さんが聞き入れることがあったとも思えないけれど——

吐き気を覚えて、石畳にしゃがみ込んでしまった。綾川さんが、慌ててわたしに駆け寄った。

「大丈夫？」

「——はい。大丈夫です」

そう答えて、頭を上げはしたが、立ち上がることは出来なかった。綾川さんは、まるでだるまが後ろに転がってしまうのを心配しているみたいに、わたしの肩を支えてくれた。

みんなは、死体から一メートルくらいのあたりに半円を描いて立っていた。数分もの間、誰も何も喋らなかった。

やがて沢村さんが、目の前のいくつもの謎を無視して、極めて実際的なことを口にした。

「これを、ブルーシートで包んで、ゴム紐で縛れっていうことでしたよね？」

「うん。そうね。そう書いてある」

草下さんは、まるで建設現場で図面と現況を照らし合わせるみたいに、死体と指示書きを見比べる。

普通なら、他殺体を前にして、考えるべきことはたくさんある。被害者はどうしてこんなところにいたのか？　いつ殺されたのか？　どうして殺されたのか？　そして、誰に殺されたのか？　沢村さんや草下さんの頭の中では、そんな考えがとめどもなく噴出して、溢れ返りそうになっているはずである。

それでも、彼らは何より、第一の事件の時に課された『十戒』に忠実だった。犯人の正体を知ろうとしてはならない。その戒律を破ることを恐れて、彼らの口調は極めて事務的だった。

しかし、誰もが、第二の事件の発生を冷静に受け止めた訳ではなかった。

「なんすか？　これ。意味が分からない。犯人は、どうしようっていう訳？　──俺らを」

藤原さんは、疲れ果てたように、両の太ももに自分の手をあてがい、中腰になっていた。彼は誰にともなく吐き捨て、それに応える人もいない。

野村さんは、思考がどこかへ吹き飛んでしまったような無表情で、みんなより一歩後ろで、死体ではなく海の向こうを眺めていた。

父は、まるで泣き出しそうなくらいに表情を歪《ゆが》めている。父は父で、事件に責任を感じているのだろう。

「これをシートで包《くる》めっていうのは、やっぱり、死体のどこかに証拠が残ってるっていうことですかね？　で、それがうっかり見つかっちゃったらまずいから、我々にそれを隠せっていうことかな？」

沢村さんは、愛想笑いすら交えて、犯人の意図を汲《く》み取《と》ろうとするようなことを言った。責任追及に聞こえないよう、細心の注意を払っている。

犯人に証拠隠滅を手伝わされるかもしれないのは、昨日から分かっていたことだった。綾川さんがその可能性に触れたから、考えておかずにはいられなかった。

それが現実になったのだろうか？　一目見た限りでは、死体に犯人を特定する手掛かりはなさそうである。それに、証拠が残されているというのなら、そんなのは犯人自らの手で始末しておくべきではないのか？

「自分でやる時間がなかったのかな、犯人は。事件があったのが明け方だったら、誰か起きちゃうかもしれなかった訳だ。だから、俺らにそれをやれってことだね。きっと」

草下さんが言った。わたしの考えに返事をするようである。

夜明けが近く、呑気に死体の後始末をしていると、誰かと鉢合わせをする危険があったから、犯人は開き直って、わたしたちにそれをやらせようと決めた。そういうことなのだろうか。

「この、ブルーシートとかゴム紐とかっていうのは、別荘にありましたよね？　確か」

問われて、我に返ったように父は答えた。

「ああ、はい。あるはずですよ。物置部屋だったかな」

「そうですか。じゃあ、それを使うってことになりますか」

沢村さんは、普段の仕事をこなす時のように段取りを決めてゆく。その落ち着きぶりは、状況を考えれば当然のことで、頼もしくも感じられる。

一方で、矢野口さんの死に憤ることもなく、淡々とその始末が進行していくのには、良心を逆撫でされた。殺人者を糾弾することが許されない、どんな残虐なことが起こっても心を閉ざしていないといけないこの島は、紛れもなく地獄だった。

それを、黙って受け入れることが出来ない人もいた。

「結局、書いてあることに従うんですね？　昨日までと同じように。助かるのかも分からないのに――」

野村さんは、草下さんが手にする指示書きを指差した。

犯人への反抗を意図しているような言葉に、緊張が走った。

彼女は唾《つば》を飲み込んだ。爆発させかかった感情を押し殺したようだった。そして、危惧《きぐ》されたよりは、いくらか穏当なことを口にした。

「――矢野口さんが、犯人を見つけようとしたから殺されてしまったっていうのは、本当なんでしょうか？　それさえしなければ、私たちは助かると思っていいんでしょうか？」

野村さんが心配しているのはどうやら、犯人は、抵抗手段がないのをいいことに、一人ずつ、わたしたちを殺していこうというつもりなのではないか、ということだった。

事件は意外にも連続殺人に発展した。殺されるのが矢野口さんでおしまいとは限らないではないか。そんな恐れが生じたのだ。

沢村さんが、ゆっくりと言葉を選ぶ。

「それは、でも、考えても仕方ないんじゃ？　我々に、その答えは出しようがないんですし。でも、一つ言えることはありますよ。

もし、犯人が我々をみんな殺そうと思っているんなら、夜のうちにボートで海に漕ぎ出して、安全なところまで行ってから起爆装置を作動させても良かった訳ですよ。しかし、それはやってないんですよね。犯人は」

昨日綾川さんが言っていたのと同じことを、沢村さんも考えていたらしい。

「——多分、犯人も、死人がたくさん出るのを良しとはしてないんじゃないですかね。だって、人が減れば減るほど、容疑者が少なくなって怪しまれやすくなる訳じゃないですか」

草下さんが、彼に同意を示す。

「うん、そうね。それにさ、犯人が彼を殺したのって、ある意味、俺ら全員を救ったってことになるんじゃない？

矢野口君が軽はずみに犯人を見つけようとして、本当に犯人の正体が分かっちゃったんなら、みんな死ななきゃならなかったかもしれない訳でしょ？　犯人は自ら行動を起こして、事前にそれを防いでくれた、とも言える訳だ。無茶苦茶な話だけどね」

犯人が気を利かせて殺人をしてくれたおかげで、島は爆発せずに済んだ。

とんでもない理屈だ。しかし、起こった出来事を無感情に並べてみれば、一つの事実であるかもしれなかった。

助かるのなら、今は文句は言わない。しかし、島を爆破しないための犠牲がこれ以上出ないとは限らない。自分が犠牲になることだってあり得る。

それに、沢村さんと草下さんの理屈は、犯人の目的が、殺人の罪を逃れることだった場合にしか、意味を持たない。犯人がこの異常な状況で何をしようとしているのかは、分からない。

野村さんは、日光で膨張したガスボンベみたいにはちきれそうな感情を抑えつけ、言った。

「とにかく、何の意味があるかは知りませんけど、その紙に書いてある通りにするってことですね。それしかないってことですよね。結局」

結局、第二の事件においても、出来るのは犯人の指示に従うことだけだった。

わたしたちは、パニックを起こすことすら許されていない。

二

「じゃあ、死体を包むのと、足跡を消すの、手分けしてやりましょうか？ ——あ、いや、それじゃ駄目ですね。犯人としては、きちんとした仕事をするか見届けたいだろうから。分かれる訳にはいかないか。

全員で一つずつやっていきましょう。まず、死体を包む方からかな。別荘に、シートとゴム紐を取りに行きましょう」

沢村さんを先頭に、別荘へと歩き出した。

行きとは別の、南側を進むルートである。犯人の長靴の足跡もそちらに続いていて、犯人が作業小屋にやってきて、犯行を済ませ、別荘に戻るまでの足取りをなぞっていることになる。

しかし、この道には奇妙な点があった。

長靴の足跡の隣の地面に、点々と、幅十センチくらいの木切れか何かでなぞられた痕跡があるのだ。

「これって、矢野口さんの足跡っすよね？　なんでこれだけ消してあるんだ？」

藤原さんが、誰にともなく問いかける。

答えるものはない。それは、犯人の正体を探ろうとすることに当たるかもしれないのだ。

みんなの沈黙に、そのことを覚《さと》った藤原さんは、謎を深追いしなかった。

彼が指摘したのは、普通の殺人事件だったら、真っ先に警察が議題にあげ、検討を重ねるはずの問題だった。

別荘から現場に行き、別の道を通って別荘に戻る長靴の足跡が、犯人のものなのは間違いない。

別荘の西側の道を通って作業小屋に向かった犯人は、そこで矢野口さんを殺し、今度は南側の道を通って別荘に戻ったのだ。

では、矢野口さんの足跡は？　彼が履いていた、あのブランド物のスニーカーの足跡は見当たらない。代わりにあるのは、長靴の跡と並行して点々と続く、地面を擦った跡である。それは片道分だけだった。

つまり、これが矢野口さんの足跡なのだ。それを、犯人は別荘に戻る時に、わざわざ消していった。

犯人自身の足跡は、地面に残されたままである。それを消すよう指示しているのは、例えば、後に精密な科学捜査がされた時に、足跡の深さから体重を推測される——、というようなケースを想定したのかもしれない。素人には、厳密に足跡の深さを測定したりは出来ないから、始末を任せて問題ない、と判断したのだろう。

それなら、なぜ犯人は被害者の足跡を自ら消したのか？　長靴の足跡と同じように、始末は人任せにしてしまえば良かったのではないか？

いや、そもそも、どうして矢野口さんの足跡を消さなければならないのか？

自分の足跡の始末をしておこうというのは分かるとして、被害者のそれを消すのに何の意味があるのか？

もちろん、矢野口さんは、自分の足で歩いて作業小屋に向かったのだ。どうして夜中に作業小屋に向かったのかは分からないけど、ともかくそれは間違いないだろう。

被害者自身が残した足跡だ。犯人に繋がる手掛かりが残っているはずもないが――

思案しているうちに、ポーチにたどり着いた。

さっきは気づかなかったのだけれども、玄関近くの別荘の外壁に、床材のあまりらしい木切れが立てかけられていた。一昨日には、作業小屋の脇《わき》に置いてあったものである。

下方は泥で汚れていた。

「そうか。これで足跡を消したんだね。犯人は」

何気ない調子で草下さんは言った。もちろん、それ以上は詮索しない。

足跡の謎は、犯人以外の誰もが訝っているはずだった。みんな、そんなことは気にもかけないふりをしている。綾川さんに訊いたとしても、答えてくれることはないだろう。

もう一つ、妙なものが目に留まった。

玄関ポーチの縁石に、靴の泥を擦ったような跡があったのだ。

さっき、誰か、ここで泥を落としていただろうか？　そんなことはなかった。そもそも、他に足跡がないから、昨日雨が降ってから、今朝、ポーチに集合するまで、犯人と被害者の他は、別荘の外に出なかったはずである。

すると、これも犯人がやったことだろうか？

「一旦、解散しましょうか？　三十分経つ前に」

沢村さんの提案で、仕事を始める前に五分のインターバルをとることにした。

二階の寝室に行こうとした時。綾川さんがそばにやってきて、囁いた。

「里英ちゃんさ、ウインドブレーカー持ってたよね？　あれ、貸してもらうことって出来る？」

「え？　あ、はい。大丈夫です。あとで持ってきます」

「ありがと」

どうしたのだろう。何に要るのだろうか？

綾川さんは微笑むと、一階の自室に向かった。


五分後。玄関ホールに集合した。

父はブルーシートとゴム紐を抱えている。物置部屋から持ってきたものだった。

沢村さんは、応接室から、貝殻と石の入ったクッションカバーと、空のクッションカバーを持ち出してきていた。必要になるかもしれない、ということだろう。

わたしは黄色いウインドブレーカーを綾川さんに差し出した。

「どうぞ。これですよね」

「わ、助かる。ごめんね。――あ、ちょっと寒くなっちゃって、お借りしちゃいました。すみません」

娘に買い与えたウインドブレーカーが貸し出されているのに意外そうな顔をする父に、綾川さんは断りを入れる。

彼女がそれを羽織るのを待って、再び作業小屋へと向かった。


死体を梱包する作業は、草下さんと沢村さんの主導で行われた。

石畳にブルーシートを広げた上に、草下さんが肩、沢村さんが足首を持って、矢野口さんを運んだ。笹寿司《ささずし》のように、シートを畳んで死体を包むのだ。

他のみんなは、背後に控えて二人の作業を監視する。

誰もが、落ち着かない様子だった。わたしたちは今、殺人犯の手伝いをしている。それほど罪悪感はない。犯人の狙いがどうであれ、死体を包むのは、ある意味、死者を丁重に扱うことでもある。

しかし、昨日の朝から始まった非日常が、次第に引き返せなくなるほどに、島を侵食してきた気がしてならない。

「よし。これでいいよね？　死体の状態を確かめたりは、全然してないぞ」

草下さんは、ブルーシート越しに矢野口さんの体を優しくさすった。そして、ゴム紐で包みを縛り始めた。

彼の仕事は厳重だった。足首、腹部、首元の三か所に、簡単には解けなそうな結び目を作った。建築の仕事で用いる縛り方なのだろうか？

「どう？　しっかり縛った。文句ないよね？」

「そうですね。一応、訊いてみましょうか？　犯人に」

沢村さんはクッションカバーを取り上げた。

この梱包方法は、犯人の要求を満たしているのか？　それを確認しようというのだ。

いつものやり方で、投票がされ、クッションカバーが開かれた。

入っていたのは、貝殻が六つと、石が一つ。返事はノー。

犯人は不服だ！　途端に空気が張り詰めた。何人かが、しゃっくりのように甲高《かんだか》く息を飲んだ。

これまでは、何を訊いてもイエスの答えが返ってきた。沢村さんと草下さんの仕事にも、手落ちがあったようには見えなかった。神の理不尽な怒りに触れてしまったのか？

わたしたちは、固唾を呑んで互いの顔色を探る。

「落ち着きましょう。何か問題があるなら、今から正せばいい訳ですよね？　この包み方が良くなかったというのなら、やり直せばいい、ということですか？」

沢村さんに従い、再び投票をする。返事はイエス。

みんなは安堵のため息をついた。失着は、取り返しのつかないものではなかったらしい。

「では、何を直せばいいのか——、本当は、紙に書いて教えてくれたらいいんですけどね。それじゃ駄目なのかな？」

指示書きを記す作業は、証拠を残さないよう気遣いが要るから、犯人はなるべくやりたくないのかもしれない。

「――とにかく、もう少し質問をしてみましょうか。問題は、ブルーシートに関係していることですか?」

投票。返事はノー。

「では、ゴム紐に関することですか?」

返事はイエス。

中学一年の時に、同級生とやった『こっくりさん』を思い出した。これも、不気味で謎めいた存在に、その意思を問う行為だった。それにしても、あの時はぎゃあぎゃあとふざけながらやったのだったが、今は、大の大人が顔を突き合わせて、真剣にその結果を案じている。

「ゴム紐の種類ですか? これでは駄目だったんですか?」

返事はノー。

「ゴム紐の、結び方ですか? それをやり直せばいいっていうことですか?」

返事はイエス。

正解が出た。犯人は、草下さんの縛り方が気に入らなかったらしい。

沢村さんは結び目を解くと、程よい力を込めて、ありきたりの固結びでゴム紐を括《くく》り直《なお》した。

「どうです? これで、いいですか?」

イエス。ようやく合格である。

ブルーシートの包みは、作業小屋の壁に沿わせるように、石畳の上に安置された。

「ふうん? 俺のやり方じゃ駄目だったんだ」

草下さんは、首を傾げてぼやいた。

再び五分間のインターバルを挟み、二つ目の仕事に取り掛かった。

証拠の足跡の始末である。別荘に立てかけられていたのと、もう一本木切れを見つけてきて、二人が地面の足跡を抉《えぐ》っていくのに、残りがぞろぞろとついていき、滑《すべ》り止《ど》めのゴムの形が跡形もなくなっていることを確認する。

代わる代わる木切れを持って、交代で作業を行った。

死体の梱包に比べスムーズだった。外周の道から作業小屋、そして別荘に戻る道を全員で辿り終えると、『こっくりさん』をやって、仕事が犯人の求める水準を満たしているか、お伺いを立てた。今回の確認申請は、一発でクリアだった。

三

午前九時過ぎ。朝食はまだだった。

食事はバラバラにとった。わたしはお皿にフルーツ入りのグラノーラを盛って、自分の寝室に運んだ。

みんな、全体行動に疲れ始めていた。

殺人者と一緒に過ごすことへの恐怖もあっただろう。その上、殺人現場の後始末をしている間は、何かの拍子《ひょうし》に犯人の正体が全員のもとに明らかになってしまうのではないか、という心配が止まなかった。もし犯人が、うっかり自身の服のボタンか何かを落としているのを見つけてしまいでもすれば、その瞬間、島の爆破と全員の死亡が決定するかもしれないのである。

幸い、犯人はきちんと証拠を残さずに殺人をしていた。なぜか被害者の足跡だけが消されていたりと、不自然なことはあったけれども。

脳がバグりそうになる。——ネット上でよく見かける言い回しで、わたしも、時々友達相手に使っている。

今ほど、そんな表現にふさわしい状況もないと思う。矢野口さんの死にうっすらと責任を感じながらも、その殺人が無事成功したことを喜んでいる。そして、犯人の正体を暴いたりしないように過ごさなければならない。

考えるほどに、頭が働かなくなる気がする。無心に、乾いたグラノーラを口に運んだ。

それにしても、綾川さんはどうする気だろう？　昨日は「もしかしたら犯人を指摘することになるかもしれない」という話をしていたけれども、何か事情は変わったのだろうか？

食べ終わって、食器を階下のキッチンに持っていくと、ちょうど、みんなは応接室に集まろうとしているところだった。

連絡タイムである。なんとなく、朝と夜に一回ずつ機会を設ける、というルールが出来つつあった。

父、草下さん、沢村さんの三人がキャビネットを動かし、スマホのナップザックが引っ張り出された。

「じゃあ、用事のある人は済ませちゃいましょうか。まあ、ここにいることを怪しまれないための連絡ですから、そんなにしょっちゅうしなくてもいいかもしれないですが――」

沢村さんは、全員の顔を一渡り眺めた。

足跡の処理をしていた時より、気配はより暗鬱で、狂的だった。さっきまでは、犯人の指示に従うという目的に突き動かされていた。それが片付いてしまうと、昨日に輪を掛けた混乱が残ったことに、変調が明らかなのは、藤原さんと、野村さんだった。

藤原さんは、青ざめた顔でキョロキョロと、無意味に部屋を見回していた。逃げ道を探しているか、それとも他の何かに気を取られているようだった。それは、漠然とした不安ではなく、彼は矢野口さんの死に、心の拠《よ》り所《どころ》を奪われたような様子に見えた。

野村さんの表情には悲愴感があらわだった。子供のことと、事件のことに心をねじ切られそうになっていた。

探り合いがしばらく続き、草下さんが最初に手を挙げた。

「いい？　そろそろ、家に電話しといた方がいいんだよね」

ナップザックから自身のスマホを取り出すと、テーブルに置いて、草下さんは「芳子《よしこ》」という連絡先をタップした。


――あ、もしもし。

「あー、もしもし。芳子？　うん。そっち大丈夫かと思ってね」

――あ、あのね。実は、給付金の申請、忘れちゃってたの。先週までだった。ちゃんと書類書いて、封筒にも入れてたんだけど、出してなかったみたい。

「は？　ちょっと、何やってんの？　本当に」

草下さんの声音が豹変《ひょうへん》し、恫喝的《どうかつてき》になった。みんなはビクリとして、会話の成り行きに気を揉んだ。

——ごめん。ほんと、うっかりしてたみたい。

「いや、ごめんじゃなくてね。なんで忘れるの。俺、何回も言ってない？　忘れるなって。で、『もう分かったから』とか言ったじゃないのよ。もったいないでしょ。もう駄目なの？　訊いた？」

——いや、でも、今日土曜だから、休み明けてからじゃないと。

「何してくれてんの、もう。本当に」


こんな時だというのに、草下さんに、給付金の申請忘れなんかで腹を立てる元気があることにわたしは驚いた。

しかし、すぐに、彼の怒りの意味合いは、それと少し違っていることに気づいた。

事件発生から、比較的冷静で、穏やかに過ごしているように見えた草下さんにも、ストレスは蓄積しているはずだった。だが、この島では、犯人に怒りを向けることは許されない。

行き場をなくした感情が、出口を探して暴発したのだ。彼は何かに不満をぶちまけたかったに違いなかった。

さらに、二言三言奥さんを罵倒《ばとう》して、これ以上はまずいと思ったか、草下さんは乱暴に通話を切った。

「いや、失礼。ごめんね」

彼はスマホをナップザックに放り込むと、腕組みをして、俯き加減にソファに座り込んでしまった。

草下さんの突然の癇癪《かんしゃく》に、この島がいきなり爆発する可能性があることをはっきりと思い出させられたようだった。しばらくの間、応接室には沈黙が満ちた。

「あ、じゃあ、僕も家族に電話していいです？」

父は、重苦しい空気に遠慮しながらスマホを取り出した。バッテリーが切れかかっていたので、充電器に繋いでから、母に発信した。

こちらは、草下さんとは違って、実に呑気なものだった。朝に何を食べたか、だとか、犬の散歩をしたかだとか、母を相手にくだらない話をして、通話は終わった。

続いて、沢村さんがスマホを取り出し、届いていたメッセージに簡単な返事をして、すぐにしまった。

藤原さん、野村さんはスマホを確認しなかった。わたしも、どうせ大した連絡はきていないので、スルーしてしまった。

「私も、一応見て良いですか？　多分、見るだけですけど」

最後に、綾川さんがナップザックに腕を差し入れ、自分のスマホを探した。

そういえば、昨日の彼女は連絡の機会を使わずじまいだった。

彼女は、メールアプリと、SNSを開いた。いくつか届いていていたのは、ショッピングサイトのメールマガジンや、携帯会社の利用通知だけだった。

「あ、大丈夫でした。はい」

綾川さんがスマホを戻すと、ナップザックは封印された。

応接室の集会は解散した。これからまた、各々の裁量で、昨日からさらに不穏さを増した一日をやり過ごさなくてはならない。

四

午前十一時ごろ。別荘内の自室に閉じこもったり、ハムスターみたいにぐるぐると島内を散歩したり、みんなはそれぞれに時間を持て余していた。

わたしは水を飲もうと思って部屋を出て、階段のそばに差し掛かったところで、一階から上がってきた綾川さんに出会った。貸したウインドブレーカーは着たままである。

「あ、里英ちゃん？」

ぞくりとするような囁き声で、彼女に呼び止められた。誰かに聞かれることを警戒している。

「ちょうど良かった。呼びに行こうとしてたんだ。また、里英ちゃんと、大室さんと一緒に相談をしたいと思って。それに、一緒に見て欲しいものもあるんだよね」

こう言われては、断りようもない。しかし、見て欲しいものとは何だろうか？

一階に降りると、廊下を父の寝室の前に行く。綾川さんは、誰にも見られていないことを確かめてから、ノックもせずにドアを開けた。急いで、中に入るよう促された。

父は、ベッドの上に小さく座っていた。綾川さんが、わたしを連れてくるのを待っていたらしかった。

綾川さんは父の向かいの床に膝を崩して座った。

その隣に腰を落ち着けた。

「お待たせしました。また、いろいろ一緒に考えたいんですけど――」

「いや、あの、そうなのかもしれないけど――」

父は困惑していた。

何が父を戸惑わせているのかはよく分かる。

第二の殺人が起こった。矢野口さんは、犯人の正体を探ろうとしたせいで殺されたらしいのだ。それだというのに、こっそりと事件に関する相談を続けているような場合なのか？　――父が考えているのはこんなことなのだろう。

綾川さんの狙いはまだ分からない。

「犯人探しなんか、するべきじゃないんじゃないですか？　もう、今日と明日だけ大人しくしといたら、それでいいんじゃ？」

「はい。慎重にならないといけないというのは、昨日話した通りです。ですけど、犯人探しをしなくていいかは、まだ分かりません。

矢野口さんが殺された理由について、犯人の言ってることをそのまま信じて良いのかは微妙だと思うんですよね」

「どういうことです？」

父に問われると、綾川さんは、なぜか恥ずかしそうにはにかんだ。そして、パンツのポケットに、そっと右手を差し入れた。

彼女が取り出したのは、レザーのケースをつけられたスマホだった。

それは、決して綾川さんのポケットから出てくるはずのないものだった。爆弾の起爆装置がスマホだということもあって、わたしも父もギョッとする。

しかし、すぐに、それが誰のものかを思い出した。

「矢野口さんのですよね？　それ」

「うん」

応接室のナップザックの中に封印されているはずのものだ。どうして、それを綾川さんが持っている？

やがて、思い当たった。

「――もしかして、わたしのウインドブレーカーが必要だったのって、そのためですか？」

「うん。そうなんだ」

彼女は黄色いウインドブレーカーの袖口を引っ張ってみせる。

さっき、スマホを取り出すためにナップザックに腕を差し入れた時に、こっそり袖の中に隠したのだろう。袖にゴムが入っていて、少しぶかぶかのウインドブレーカーがちょうど良かったのだ。

何て大胆なことをするのか、と呆れた。父も、理解が追いつかない様子で、綾川さんの手元を眺めている。

「昨日、殺された小山内さんのことが知りたいっていう話をしましたけど、結局何にも分からなかったですよね。

そしたら今日、二件目の事件があった訳ですけど、矢野口さんに関しては、個人的なことを知る方法がありました」

「そのために、スマホを持ち出してきたってことですか。大丈夫なんですか？　もし犯人にバレでもしたら――」

「はい。もちろん、ちょっとでも危険そうだったら止めておくつもりだったんですけど、でも、みんな、このスマホのことは全然、忘れてたみたいでしたよね。うまくいっちゃいました」

あれは、連絡をするための時間なのだし、突然発生した第二の事件の混乱の最中で、死者のスマホがナップザックに残されていることなんて、綾川さんの他、誰も気に留めていなかった。

「でもそれ、ロックが掛かってるでしょ？」

「解除出来ます。私、パターン覚えてるんです。矢野口さんが操作してた時のをちゃんと見てたので」

昨日の朝、本土への連絡の際、矢野口さんはスマホを開いている。全員の監視のもとで操作しなければならない決まりだから、ロック解除時の様子ももちろんみんな見ているのだが、しかし彼が連絡の機会を使ったのは一度だけだった。わたしは、彼がどんなパターンをなぞったのだかなんて、きれいに忘れている。

「じゃああなた、その中のデータ、見たんですか？　手がかりがあったんですか？」

「見ました。手がかりかどうかは分かりませんけど、妙なことがあります」

綾川さんは、スマホの電源ボタンを押すと、パターンロックの画面を渦巻き状になぞった。ホーム画面が表示される。

「矢野口さんには申し訳ないんですけど、誰とどんな連絡をしてたのか、だとか、いろいろ見させてもらったんです。別に、怪しいっていう感じのやりとりは、ほとんどなかったですね」

綾川さんは、メールアプリや、マッチングアプリのアイコンを次々とタップした。

メールは、業務連絡ばかりで、投資信託や仮想通貨に関するものが多かった。最近のをざっと見た限り、個人間のやりとりは見当たらない。

マッチングアプリに残っていたのは、明らかにパパ活の履歴だった。それを見た父が妙にソワソワするので、綾川さんはさっさとアプリを閉じた。

「――まあなんか、大体はこんなどうでもいい感じなんですけど、一つ、おかしいのが、これなんです」

彼女はSNSアプリを開く。

何件か、「遅くなりました、了解です」「来週はよろしくお願いします」などの連絡が届いている。それらは未読のままにして、綾川さんはいくつか下のトークルームを示した。

「これなんです。まず、相手の名前を見て欲しいんですけど――」

トークの相手の名前は、「小山内雄二《ゆうじ》」とあった。

「うん？　これ、あの小山内さんですよね？」

「はい。名前は合ってます。それに、このアイコンなんですけど、小山内さんの帽子じゃないですか？」

アイコンに使われているのは後ろ姿の写真だったが、その人物が被っているのは、小山内さんのと同じ迷彩柄のキャップだった。

「これ、おかしいですよね。一昨日、矢野口さんと小山内さんって、お互いよく知ってる訳じゃないって言ってなかったですか？　大室脩造さんを通じて互いに名前を聞いているくらいだって」

そうだ。港で、二人は名刺を交換していた。にもかかわらず、その三日前に彼らは連絡を交わしていたのである。

「どういうことです？　矢野口さんと小山内さんは、わざわざ初対面みたいなふりをしてたんですか？」

「そういうことになりますよね、これ。で、内容なんですけど――」

綾川さんはトークルームをタップして、メッセージを表示した。

量的に、事前に行動を起こすのは諦めるしかなさそう。天気も厳しい。当日をどうにかやり過ごせれば、何とかなると思う。最悪の場合でも、逃げられさえすれば、その後はこっちで何とかする。任せてもらっていい。

島にやってくる三日前に、小山内さんから矢野口さんに送られたメッセージである。

矢野口さんはこんな返事をしている。

何とかするとは？　どうする？

小山内さんからの返信。

場所は確保してある。その時は案内出来る。


その後には、矢野口さんから小山内さんに発信した履歴があった。通話時間は十分くらい。やりとりはそれで全部だった。他には何も残っていない。過去のものは削除されたのだろう。

父は難しい顔をして、スマホの画面を睨《にら》み付《つ》ける。

親の機嫌を窺う子供のような気分で、綾川さんの顔を見た。彼女はわたしの困惑を察して笑顔を作る。

「矢野口さんたちって、何か企んでたんですね」

「うん。そうみたいだね」

彼女が、見て欲しいものがあると言っていたのは、これのことらしい。

「この島に関係してることですよね」

「そうだね。もちろん」

メッセージには、肝心なことが書かれていない。何を指しているのかは明確でない。しかし、この島に繋がる企みといったら、考えられるのは一つだけである。

父は、限界まで声を潜めた。

「――爆弾ですか。この二人は、それに関係していたってことですか？」

「このメッセージは、そういう風にしか読めないですよね」

彼らは、爆弾をこの島に溜め込んだ張本人なのだろうか？　それが、そしらぬ顔で視察旅行に紛れ込んでいたのか？

考えてみれば、伯父と付き合いがあったという彼らが、爆弾に関係していることは不自然ではない。爆弾犯は、反社会的人物なのが一目瞭然なはずだと想像していたわたしは、うかつにもその可能性を気にかけずにいたのだ。

父にしても、それは同様らしかった。爆弾が見つかった二日前の夜も、よもやその製造者が一緒に泊まりに来ているかもしれないとは思わなかったようである。

「しかし、二人は、殺されてるじゃないですか。何が起こったんだろう」

「謎です。だから、犯人の『矢野口は、犯人の正体を知ろうとしたために死んだ』という言葉は、そのまま信じて良いかは分かりません」

それなら、犯行動機には、爆弾が関わっているのだろうか？

綾川さんはスマホの画面をオフにし、ポケットにしまった。

父は自分のこめかみを右手で握り込んで、仕事に疲れた時の唸り声を上げる。

「あなたは、何をしようって気なんです？　呑気にしていちゃ、良くはないのかもしれないですけど、僕らに出来ることがあるんですか？」

「それを今考えてます」

綾川さんの言葉に、少しだけ父への苛立ちが滲んだ。が、次の瞬間には、穏やかな調子に戻っていた。

「――やっぱり、気になるのは、大室さんのお兄さんのことです。脩造さんは、この島が爆弾の保管庫になっていることを知っていたんでしょうか？　どう思われますか？」

「兄貴が、それに協力していたかってことですか？　うん――」

二日前の夜は考えることを避けていた問題に、父は今度こそ真剣に向き合わなければならなかった。

一緒になって、伯父が爆弾造りに加担していた可能性を検討した。

とはいえ、最後に会ったのはまだ幼いころである。記憶の中の伯父の姿は、会わなかった数年の間に磨耗してぼんやりし、角が取れて美化されている。常識に構わない人ではあったけれども、大掛かりな犯罪行為に加担していたとは、どうしても信じにくかった。

一方で、父は兄への疑惑を捨て切ることが出来ないようだった。

「そんなことないと思うんですが――、今となっちゃ、何とも。こんなに訳の分からないことが起こるんじゃ、兄貴が実はテロリストだったたって言われても、受け入れるしかないような気がします。少なくとも、遺品からはそれらしいものは見つけてないんですが、全部確かめた訳でもないですし」

「まあ、そうですよね。じゃ、具体的なことを考えた方がいいかな。もう一つ、知りたいのは、鍵のことなんです」

「鍵？」

父は叱責《しっせき》を受けたように小さく震えた。作業小屋の鍵の管理を怠ったことは、しっかりと気に病んでいるらしい。

「はい。この別荘と、作業小屋とバンガローの鍵のことです。大室さんは、それをお兄さんのおうちから持ってきたんでしたよね。別荘の鍵と、それ以外の、作業小屋とバンガローの鍵は、別のキーホルダーに付いてました。

私たちが到着した時、まず、大室さんが別荘の鍵を開けましたね。発電機を動かして、里英ちゃんが作業小屋とバンガローの鍵を探しましたが、なぜか紛失していました。そこで、大室さんが持ってきた鍵を使うことになりました。——一昨日は、こういう流れでしたよね。

大室さん。大室さんが持ってきた、作業小屋とバンガローの鍵って、お兄さんのお宅のどこに置いてありました？　別荘の鍵と同じ場所ですか？」

綾川さんの声は、話すにつれて鋭く、真剣さを増した。父はじっくり考えて、間違いのないよう慎重に答えた。

「いや、別です。別荘の鍵は兄貴の部屋のデスクの引き出しの中で、作業小屋のは金庫でした。もともと兄貴は、島に来る時は別荘の鍵だけ持ってきてたはずです。それ以外の建物の鍵は別荘の中に置いていってたので。

だから僕も、今回来ることになって、別荘のだけ持っとけばいいかと思ってたんですよ。作業小屋のとかはこっちにあるはずだから。

その後、土地関係の書類を確かめようとしたら、たまたま金庫から鍵束を見つけて。島の鍵なのかもはっきり分かんなかったんですけどね。何にも書いてなかったから。でも、一応持ってくることにしたんです」

「そうですか。じゃあ、持ってくるのは別荘の鍵一つだけだったかもしれないんですね」

「そうですね。僕が金庫の鍵に気づかなかったら。まあ最悪、作業小屋とかバンガローには入れなくても、別荘と島の状況だけ見られれば十分かなっていう話を、沢村さんとしてましたんで。やっぱり僕のせいなんですかね？　僕が余計な気を利かせて鍵を持ってきたりしなければ――」

「大室さんが鍵を持ってこなければ事件は起こらなかった、っていうのは、もしかしたら因果《いんが》関係的にはそうなのかもしれないですけど、そのことで大室さんを責める人は誰もいないと思います」

綾川さんは、いくらか冷淡に言った。

それは、そうだろう。父が責められるとしたら、鍵を持ってきたことではなく、すぐに通報をしなかったことや、鍵の入った上着を応接室に放置したことである。

「何にせよ、殺された二人は、犯罪者だったらしい訳ですよね？　どうして殺されたのかは分からないにしても――」

綾川さんから新たにもたらされた情報の中で、父にとって一番意味深かったのはそれだった。殺された人物は、どうやら爆発物の製造に関わっていた。

罪悪感を和らげる事実だった。わたしだって、心の奥底を探れば、殺された人物は悪人であって欲しいと思っている。綾川さんは、このことを早くわたしに教えたかったのだろうか？

「犯人が誰かっていうのも、分からないままですよね。この人らって、一応、兄貴の知り合いだったっていう共通点があるから、僕らが知らないだけで、過去に因縁《いんねん》があったりしてもおかしくないってことですね」

「現に、矢野口さんと小山内さんが知り合いだった訳ですもんね」

「矢野口さんのスマホに、それ以外の手がかりはなかったんですか？」

「何にもなかったです。やっぱり、犯罪に関わるやりとりはこまめに消去してたんだと思います」

「犯人は、爆弾に関わってたやつらを成敗してるってことなんですかね？　だったら結局、僕らは大人しくしとくのが一番なんじゃないですか？　余計なことをして犯人の邪魔になって、それで死ななきゃいけなくなったら意味が分からないでしょう？」

何もしなくても助かるのなら、何もしない方がいい。それは間違いない。

しかし、犯人の目的が爆弾関係者を抹殺することだったとして、その終着点はどこなのか？　犯人自身は一体どうするというのか。ただ殺して、それが済んだらみんなと一緒に本土に帰ろう、なんて、呑気な計画を持っている訳がない。

結局、父の言うことは、堂々巡りに過ぎない。そこに答えはない。

「はい。何をするにしても、安全第一なのは変わりないです」

綾川さんの返事も、彼女が何度も答えてきたことだった。

スマホから得た事実を踏まえて、父から新しい情報を得られるかもしれない、と綾川さんは期待していたらしい。父の話は役に立ったのだろうか？　彼女はどんな情報を欲しているのだろうか。

「そう、もう一つ、大室さんに確認しておきたいことがありました。今回の旅行って、うちの沢村の提案で決まったんですよね？　それが、お兄さんが亡くなってちょっとしてからですから、ほんの二週間くらい前のことですよね」

「はい。そうです」

「それから、草下工務店のお二人が同行することになったんですけど、これは沢村から声を掛けたんだったはずです。改修工事の見積もりをしてもらいたいからって。

それと、羽瀬蔵不動産の小山内さんたちも来ることになりましたけど、これって確か、向こうが、視察旅行の話を知って、一緒に行かせて欲しいって申し出てきた、っていう話だったと思うんですよね。私、はっきりは知らないんですけど、沢村の口ぶり的にはそんな感じでした。

大室さん、その辺の事情ってご存じですか？」

「いや、その通りだったと思いますよ？　兄貴と旧知の不動産屋が一緒に来たいっていうんだけどいいですかって、沢村さんに訊かれましたから。沢村さんと、不動産屋の人たちは、兄貴を通じて面識があったみたいでした」

「矢野口さんが来ることになったのも、そんな感じでしたよね。せっかくだから同行していいかって、沢村に問い合わせてきたとかで。

不動産屋の二人と、矢野口さんが来ることが決まったのって、確か旅行の三日前とかだったと思うんですけど、合ってますよね？　これも、沢村からはっきり聞いた訳じゃないんですけど。でも、三日前に、あと三人来るよって言われて、急だなって思ったんです」

「あ、でも、そうだと思います。ギリギリになって、一緒に来たいっていう人がいるんですけどいいですかって沢村さんに訊かれましたよ」

旅行の三日前なら、小山内さんと矢野口さんがスマホでやりとりをしていた、その前後ということになる。

綾川さんは膝に手を当てて、じっくり考え込む表情を見せた。

父は、恐る恐る、というように切り出した。

「その、矢野口さんのスマホで、こっそり外部に助けを求めるっていうのは、やっぱり、まずいんでしょうかね?」

「それは、やめた方がいいと思います。犯人にバレないように警察に通報して、船だかヘリコプターだかで助けに来てもらえることになったとして、私たちが無事にそれに乗れる保証がないですから。

犯人は、島に向かってくる乗り物を見つけた瞬間に起爆装置を作動させるかもしれないですし、もし都合よくことが運んで、その前に犯人を拘束出来たとしても、タイマーがセットされている可能性がある以上は危険です」

綾川さんがそう言うのは分かっていた。

三十分以上、複数人が同座していてはならない、と『十戒』には記されている。犯人が本当に慎重なら、三十分刻みで爆弾のタイマーをセットしているかもしれないのだ。だとしたら、うかつに犯人を取り押さえることは出来ない。

「ううん、そうか」

父は残念そうに唸った。

「そういや、矢野口さんの事件で、変なことがありましたよね。足跡が消されてたじゃないですか。あれは、どういうことなんですかね?」

何もしない方がいいのでは、なんて言いながらも、父は足跡の謎が気になっている。

なぜ、犯人は被害者の足跡を消したのか。

犯人を探そうとしてはいけないという前提を敷かれたこの事件で、今のところ、唯一の真っ当な謎かもしれない。わたしたちが強制力をもって戒律を守らされ、殺人の後始末の手伝いまでさせられている中、犯人が自ら証拠隠滅を行ったのは、むしろ事件の要素としては健全なような気すらする。

「はい。あれは、犯人を特定する上では大きい意味があると思うんですけど――、私にも考えてることがあるんですけど、ちょっと今、お話ししてしまうのは良くないかもしれないです。まとまってなくて、中途半端になっちゃうので」

「ううん――、そうですか」

「はい」

この話し合いは綾川さんの提案で始まったのだけれど、しかし彼女は煮え切らない応答をする父の相手に疲れ始めていた。そんな気配を感じて、わたしは落ち着かなくなった。

父は、自分の疑問がはぐらかされたことに釈然としない様子だったが、すぐに、別の心配に気を取られたらしかった。

やがて父が口にしたのは、不吉で、現実味を伴った可能性だった。

「これは、例えばの話ですよ？　例えば、殺人は、これで終わるとは限らない訳でしょう？　だって、二件目が起こったんですから。三件目があってもおかしくないですよね。

もし、そこに遭遇してしまったらどうするんです？　どこかの寝室から、格闘の物音とか、悲鳴とかが聞こえてきたとしたら。

その時って、僕らは、寝室に入って殺人を止めさせることは出来ないですよね。だって、そうしたら犯人が誰か分かっちゃうんですからね。誰かが踏み込んだら、島の爆破が決まっちゃうのかもしれない。

だとしたら――、もしどこかで殺人が起こってるらしいってなった時、僕らは急いでその場を離れて、犯人の邪魔をしないようにしなくちゃならないってことになるんですか？　それが、僕らに出来る最善なんです？」

それはわたしも、ぼんやりと想像はしていながら、あまり深刻には受け止めていなかったことだった。

しかし、具体的な状況を想定してみると、身の竦《すく》む心地がする。二件の殺人を事後承諾するだけでなく、これから起こる殺人を黙認しなければならないのか？

「それが、最善である可能性はあります」

綾川さんの答えである。それは、そうだろう。

何にせよ、わたしや父にとって、全ては不確かだった。本当は、爆弾など仕掛けられていないのかもしれない。もしそうなら、殺人を見過ごすのは、犠牲者を一人増やすだけのことなのだ。

「綾川さん、もしあなたが、今言ったみたいな場面に突き当たったら、その時はどうするんです？」

「――今の時点だったら、私も、そっとその場を離れて、犯人の邪魔をしないことにしそうです。島が爆破されてしまうリスクは取れないです」

彼女は冷徹な声でそう言った。

情けない顔で、父は頭を掻いた。そして、ちらちらとこちらを見た。

父が考えていることは察せられた。

殺人を黙認しなければならない。それは仕方がない。止むを得ない。

しかし、もしも殺されようとしているのがわたしだったら？　その時はどうする？

父は見過ごしはしない。爆弾などに構わず、娘を助けようとするだろう。確信がある。自分は愛されている。

わたしだって、そんなことはないと思っているけれども、万が一父の命が脅かされていると分かったら、黙ってはいられないだろう。

綾川さんは、わたしと父を見比べて、その間にある葛藤《かっとう》を全て見透かしたかのように言った。

「もしも里英ちゃんが襲われそうになっていたとして、それを守るために大室さんが犯人の邪魔をすることがあったら、責められないなって思います。何て言って止めさせればいいのか分からないですから。そんなことが起こらないように、願うしかないです。

でも、気休めみたいなことを言ってもいいのなら、里英ちゃんが次に殺される可能性は低そうですね。脩造さんとは、もう何年も会ってなかったんですし、島にやってきた人たちとも、みんな初対面だったんですし。

大室さんも、爆弾のことを全く知らなかったのであれば、とりあえずは狙われる理由は見当たらないですね。油断は出来ないですけど」

「うん——、まあ、そうですね」

綾川さんの言葉は、いかにも気休めだった。それでも、父の心を落ち着かせるのには、いくらか役に立ったらしかった。

話し合いの席は、そろそろ解散することになった。三十分が経とうとしていたし、他の人たちに、何をしているのかと怪しまれるのもまずい。

廊下に誰もいないことを確かめると、間を空け、一人ずつ部屋を後にした。

五

正午。綾川さんとわたしは、島の外周の遊歩道を歩いていた。

父の部屋を出る時、彼女に散歩に誘われたのだ。時間を決めて、南側のバンガローの前で待ち合わせた。昨日と同じ段取りだった。

「天気いいね。今日も」

「あ、はい。そうですね」

昨夜のにわか雨は、空にかすかに残っていたくすみを磨《みが》き落《お》としてしまったみたいだった。青空は乾いて、寒々しい。全天に、昨日までは仄《ほの》かだった冬の気配が満ちている。

それからしばらくは無言だった。

高校二年生のころ、休みの日、友達との待ち合わせに出かける途中に担任の先生に会ったことを思い出した。二十代の女の先生で、そのまま駅まで一緒に行った。どこに行くのかとか、学校は楽しいか、とか、会話を途切れさせまいと頑張ってくれた。

もっと楽しそうな返事をすれば良かったと、未だに少し後悔している。後に、同級生が、休みに担任にばったり会って、あれこれ話しかけられてウザかったと陰口を叩いているのを聞いて、ひどく悲しくなった。

綾川さんは、なかなか喋らなかった。半歩前の崖側を、ゆっくりと歩いてゆく。事件に関する何かを打ち明けるか迷っている。彼女の気配に、それは明らかだった。

昨日は、犯人を指摘しなければならないかもしれない、と言っていた。この事件にどう決着をつけるのか、綾川さんは計画を持っているはずなのだ。さっき、父が提起した足跡の問題にははぐらかすような返事をしていたけれども、それにもきっと、明確な意味があるのだろう。

出来ることなら、教えて欲しかった。少しでも安心させてもらえるものなら、彼女に甘えたかった。

計画があるとして、それをわたしに明かすことで支障が出ることを心配しているのかもしれない。知り合ったのは一昨日なのだ。彼女がどこまでわたしを信じてくれているかは、まだ分からない。

地面はまだ乾いていない。ぬかるみに足を取られそうになりながら、ひたすら歩いた。

「綾川さん」

「何?」

声を掛けると、彼女は足を止めて、わたしの顔を見据える。

「綾川さんって、一人暮らしですか?」

「え？　うん」

「付き合ってる人とか、いるんですか?」

綾川さんは、唐突な質問に目を丸くした。

口にしてしまってから、すぐ質問が良くなかったと気づいた。最初に浮かんだのは「お友達とかいるんですか？」だったから、それよりはマシだと思うけれども、しかし、もうちょっとデリカシーのある訊き方をするべきだった。

「いや、今いない。何で？」

「あ、その」

わたしは口ごもる。

しかし、すぐに綾川さんは意図を察し、笑顔になった。

「あ、分かった。さっき、私がスマホ開いたところを見てたからでしょ？　こいつ誰からも連絡こないじゃん、って思ったんだ？」

「あの、まあ――」

そういうことなのだけれども、別に悪意はない。綾川さんは、孤独な生活をしている人には見えなかったから、意外だったのだ。

「まあなんか、今がたまたまそういう時期だったっていう感じかな。友達からもあんまり連絡こないし、取らなくても別にいいかなっていうだけで」

「はい。なるほど」

その気持ちは、痛いほどよく分かる。

「里英ちゃんは？　誰か、付き合ってる人いるの？」

「はい？　いや――」

いないです、とだけ言っておけばいいものを、余計な話をしてしまった。

「なんか、高三の時に、三か月くらい付き合ってるみたいな感じだった人がいたんですけど、向こうが友達にわたしの話をめっちゃしてたのが分かって。自慢なのか何なのか分かんないですけど。どこに行って何してたとか、一緒にいる時のことを全部喋ってるっぽくて、だんだんキツくなってきたので、いつの間にか別れてました。それっきり、何にもないです」

この話は、妙に綾川さんのツボに嵌《は》まったらしかった。あはははは、と甲高い笑い声を上げ、それが島全体に響きそうだったので、慌てて彼女は自分の口を手のひらで覆った。

「――でも、分かるな。考えてみたら、私、今まで全部そんな感じだったかも。終わってみたら、結局自分は何をやってたんだろう、ってなることばっかりだったから。私、勝手に他人に期待しすぎて、がっかりする癖があるんだよね。多分」

綾川さんは、緊張を忘れて無邪気な顔を見せていた。

それからも、事件の話はしなかった。

わたしは、講師におだてられ、天狗《てんぐ》になり、周囲に偉そうにアドバイスをするも受験に失敗したイタいやつ、として予備校に通い続けていることを綾川さんに話した。

家族にも隠していることだった。打ち明け話をするべき時のような気がしたのだ。今度は、彼女は笑わずに聞いてくれた。

「――せっかく、事件のおかげで受験のことなんか考えなくてよくなってたのに、思い出しちゃいました。

来週から、また予備校に通わなくちゃいけないんですよね。もう、そんな実感全然ないですけど。無事に帰れるか分からないし」

「帰れるよ。きっと。大丈夫」

彼女はこともなげに言う。

「綾川さんは、何か考えがあるんですよね。無事にこの島から出るために」

「うん。ある。みんな、あの指示書きを『十戒』とかって呼んでるけど、ばかばかしい話だと思うな。

戒律って、本来は、人生を懸けて守るものな訳だもんね。本気で宗教を信じてる人をばかにしてる気がする。あの戒律は、島にいる間だけのものだし。だから、私とか里英ちゃんがどうするかっていうのが問題なんだけど」

「わたし、綾川さんを信じてます。わたしには、他にどうしようもないので」

「そっか。ありがとう」

綾川さんは微笑むと、ほんの少し歩速を上げた。


やがて、小山内さんの死体のあるあたりに差し掛かった。

第一の事件から、丸一日が経過した。死体に変化はあるだろうか？

綾川さんは、昨日と同じ体勢で崖際にしゃがみ、小山内さんの様子を確かめる。わたしも体の重心を地面に留めつつ、精一杯首を伸ばして、崖の下に目をやった。

「ここからだと、何にも変わってないみたいだね」

「そうですね」

死体は、昨日と全く同じ体勢で岩場に転がっていた。もしかしたら、肌の色には変化があるのかもしれないけれど、崖の上からでは分からない。衣服はまだ、昨日の雨で濡れたままだった。

昨日の綾川さんは、大潮で潮位が上がれば、死体が海に浸かって証拠が隠滅されるのでは、という可能性の話をしていた。

しかし、今日の様子を見ると、それはあまり現実的なこととは思えなかった。潮位は死体を浸すまでにはまだ足りない。明後日の朝まで待っても、海水が岩場に届くことはなさそうである。

もっとも、その可能性は、綾川さんも本気で口にしたことではないと言っていた。

彼女は、真剣な面持ちで死体の状況をじっくりと検分した。崖のギリギリまで身を乗り出していて、夢中な様子にひやひやする。

やがて、膝に両手を突いて、立ち上がろうとした時。綾川さんは、ぬかるんだ泥に足を取られた。

しゃがんでいたせいで、血の巡りが悪くなっていたらしく、彼女は即座に体勢を立て直すことが出来なかった。

「あっ」

「わっ」

とっさに悲鳴を交換すると、必死で綾川さんの腕を摑んだ。わたしまでもがよろめき、瞬間、背筋が凍《こお》りついた。

必死で綾川さんを引っ張ると、そのままばったりと地面に倒れ込んだ。

全身が泥まみれになったが、ともあれ重心は安定した。崖下に落下する危険はなくなった。

一瞬の恐怖が蒸発してゆくと、今度は笑いがこみ上げた。

息が落ち着くのを待って、わたしと綾川さんは息を合わせるようにして、ゆっくりと立ち上がった。

「――危なかったですね」

「うん。里英ちゃんを巻き添えにしちゃうところだった」

黄色いウインドブレーカーの裾を、綾川さんは広げる。

「ごめんね。これ、泥だらけだな」

「それは、別にいいんですけど――」

二人して、衣服の泥を払った。手の届かない背中の汚れは、互いにはたいて、落とせるだけ落とした。

「そろそろ、戻った方がいいんじゃないですか？　三十分、経っちゃいそうだし」

「真面目だね、里英ちゃん。そうだね。戻ろうか」

別荘へとわたしたちは歩き出した。辺りに人影はない。


玄関ポーチが見えたところで、綾川さんは立ち止まった。

「これ、もうちょっと借りといてもいい？　出来るだけ、きれいにしとく」

ウインドブレーカーのことだった。

「はい。全然、大丈夫です」

「ありがとう。島を無事に出られたら返すね」

彼女は戦地の約束みたいなことを言った。

昨日と同じように、わたしが先に別荘に入った。綾川さんはブラブラと散歩を続ける。

六

午後は手持《ても》ち無沙汰《ぶさた》だった。何もするべきことがない。

綾川さんと別れると、にわかに心に不安が兆《きざ》した。奇妙な話だけれども、こんな時だというのに、彼女と一緒にいるのが楽しかったのだ。一人になると、問題は何も解決していないし、自分が助かるかどうかも分からないということを思い出さなければならなかった。

別荘の中をうろついていると、父に心配された。「用がないならなるべく部屋にいて、鍵をかけときなさい」と言われた。

従うことにした。無意味に、父の心労を増やさなくてもいいだろう。

自室にこもる前に、伯父の部屋に行った。

暇潰《ひまつぶ》しの種を探すつもりだった。スマホは取り上げられている。部屋でじっと膝を抱えているのには、耐えられそうにない。

書棚には、数十冊の小説本が揃っている。

翻訳の小説ばかりである。伯父は、日本の作家には興味がなかった。

わたしはあまり読書熱心ではない。ほとんどは見知らぬ作家の見知らぬ作品だった。トーマス・マン『魔の山』、パール・バック『大地』、アイン・ランド『肩をすくめるアトラス』、トマス・ピンチョン『重力の虹《にじ》』など。作者がどこの国の人なのかも、知らない。

タイトルだけは聞いたことのある作品が、二冊見つかった。G・ガルシア゠マルケス『百年の孤独』と、ジョージ・オーウェル『一九八四年』である。

パラパラと捲《めく》ってみた。文庫で、文章も読みやすそうだった『一九八四年』を持って、二階の寝室へと向かった。


夕方までの時間を、わたしは読書で消費した。

こんなにも物語に没頭したのはいつ以来だろうか？　すぐには思い出せない。命が脅かされている時に、フィクションに集中することが出来るのが、我ながら不思議だった。しかし、もしかすると、枝内島ほどこの本を読むのにふさわしい場所もなかったかもしれない。

タイトルの他には何の事前知識もなかったのだが、『一九八四年』は全体主義に支配された近未来を描いたディストピア小説だった。

作中の市民は監視され、思考まで徹底して管理される。反逆者は拷問を受け、処刑される。

今、この島は紛れもなくディストピアと化している。小説に書かれているような、ある思想のもとに綿密に計算されて築き上げられたディストピアではなく、爆弾という単純な機構を使って造られた、即席ディストピアである。殺人が行われていながら、わたしたちは犯人の正体を暴くことを許されていない。それに統制され、指示に従い、協力すらしている。

わたしには、反逆する気力は残っていなかった。何もかも、綾川さんに任せてしまおうという気になっている。どうあれ、助かりさえすれば、それで良いのだ。

七

日は暮れた。時刻は午後六時。

父が呼びに来た。昨日と同じように、夕食だけは全員で食べよう、ということになったらしい。

一階に降り、食堂に入ると、みんなはすでに席についている。

メニューは昨晩と同じだった。わたしの分のレトルトカレーも、きちんと盛り付けてテーブルに置かれている。

「あ、揃いましたね。じゃ、頂きますか」

沢村さんの号令は独《ひと》り言《ごと》に近く、元気がなかった。

彼に限らず、誰もが消耗していた。昨日までとは状況が変わったのだ。何ごともなく時が過ぎるのを待っていればいいのかと思っていたら、二件目の殺人が起こった。次に殺されるのは自分かもしれないが、そうなった時は、誰も助けてはくれない。

草下さんはむっつりと不機嫌そうにしている。野村さんはテーブルの上に両腕を重ねて、カレーに手をつけもしない。藤原さんは苛立たしげに、スプーンでコップの縁を叩きながら、時々みんなの顔を盗み見る。父は、誰にも気づかれまいとするかのように小さくなって、無心に食事を続けていた。

不気味な気配が食堂に満ちている。犯人の指示に従うことを、わたしたちは当然のように受け入れ始めている。

課された戒律を守っていれば助かるのだ。もはや、それを疑うことに疲れていた。みんなは、ディストピアの住人であることに慣れつつある。

するとこの事件にどう決着がつけられるのかは、やはり、綾川さん次第ということになるのか。彼女は、誰よりも早く食事を済ませ、食堂の一人一人の様子にさり気なく注意を払っていた。

「じゃ、この後はまた、連絡の時間にしましょうか？　一応。あと、一日だけだけど」

脱出の時が近づいていることを沢村さんは強調する。それは犯人の神託が全て正しかった時の話なのだけれど、みんな、今更疑問を差し挟むことはしない。

例によって、五分間のインターバルの後、応接室に集まった。

スマホのナップザックが取り出され、封印が解かれる。沢村さんが、何かの御神体みたいに丁重に、テーブルの真ん中にそれを置いた。

「じゃ、誰から？」

沢村さんは、もう連絡をする気がないらしい。明後日《あさって》の朝に解放されるのなら、その前にスマホを見て自分の心を乱さなくてもいいだろう、ということのようだった。

「俺は、いいかな。どうせ、大した話はしないもんね」

今朝の連絡タイムに奥さんを怒鳴《どな》りつけていた草下さんも、沢村さんと同じ判断をした様子である。

「私、いいですか？　多分、どうせまた確認だけだと思うんですけど」

そう言って、綾川さんはナップザックに腕を差し入れた。

例によって、彼女のスマホに届いていたのは、ショッピングサイトからの通知ばかりだった。

しかし、綾川さんの目的はメールのチェックではない。自分のスマホをナップザックに戻す時に、袖に隠した矢野口さんのそれをこっそり返却したのが察せられた。

続いて父がスマホを開いた。母から「冷蔵庫、金曜日に届くって」というメッセージが届いている。父は「よかったね」と返信した。

藤原さんはスマホを手に取らない。彼は、昨日の朝スマホが回収されてから、一度もそれを確認していない。

わたしもパスした。

残ったのは、野村さんである。昨日の夜から、息子の粗相に怒った妹さんからの連絡を無視したきりなのだ。

彼女はノロノロとスマホを取り出す。ホーム画面には、さらに数件の着信が増えていた。対応を迷って、野村さんはため息をついた。妹さんと話をするのはつらいが、息子の様子も気になるのだ。

その時、スマホが振動した。

妹さんからの着信だった。野村さんは辺りを見回して、頼れる人が誰もいないことを確認した。指を震わせながら、受話ボタンをタップした。

「あの、もしもし」

——ねえ！　どうしたの？　なんで電話出ないの？　事故でもあったのかと思った。

「いや、そんなことじゃないけど。ごめん。ちょっと忙しかった」

——忙しい？　何、それ？　連絡も返せないくらい忙しいってこと、あるの？　あのさ、送ったの見てないの？　既読ついてないけど。

「あの、翔が、テレビを壊しちゃったんだよね？」

——見てんじゃん！　なんで返事しないの？　ほんと、大変だった。翔君さ、ジュースの缶を放り投げて遊んで、テレビにぶつけて。それで、自分で壊しといて、泣くんだもん。泣かれても困るって。

それでまた今日、大騒ぎしてさ。沙彩が、友達を家に呼んで、映画を見ようとしてたのに、駄目になっちゃったでしょ？　テレビ壊されちゃったから。仕方ないからスマホゲームして遊んでたんだけど、それも翔君が割り込んだりして、邪魔してさ。友達が帰ってから、もう、大喧嘩《おおげんか》して。

悪いけど私、完全に沙彩の肩持ったよ？　そしたら翔君、部屋にこもっちゃって、夕食だって言ってるのに出てこないの。

ねえ、いつ帰ってくるんだっけ？　明日？　私じゃどうしようもないから、早く引き取りに来て欲しいんだけど。

「えっと、帰るのは、多分明後日——、遅くなるかも」

——ええ？　それまでずっと面倒見とけってこと？　丸二日？　ちょっともう、本っ当にいい加減にして欲しい。

姉さんくらい、適当に結婚して、子供作って、離婚してる人、私の周りに他にいないんだけど。

みんなで野村さんを取り囲んで、身構えた。彼女の心が軋《きし》んで、壊れかかっているのは明らかだった。

――ねえ、何とか言ってくれない？　姉さん、本当にこれからずっと親やれるの？　あんまり頼られても困るよ？

「あのね、ちょっとこっちで大変なことが起こってて。実は――」

みんなは、あっ、と叫び声を上げた。

真っ先にテーブルのスマホに飛びついたのは、藤原さんだった。彼は赤い終話ボタンを押すと、スマホをソファの上に投げつけた。

「何やってんすか！　島のことを話しちゃ駄目でしょ？　みんな巻き添えにする気ですか？」

野村さんは、絨毯《じゅうたん》の上に膝をつき、袖で目を覆った。

「大丈夫ですか？」

綾川さんが、背後から彼女の二の腕を抱える。

「島のことを喋ろうとしたんじゃないんです。ただ、それどころじゃないって言いたかっただけなんです。自分の子供のことなのに、それどころじゃないなんて、言っちゃいけないのかもしれないですけど――」

彼女は啜《すす》り泣《な》きを始めた。

しばらく、彼女が落ち着くのを待たねばならなかった。

ソファに放り投げられたスマホが振動している。妹さんが呼び出しているらしい。

草下さんが訊く。

「野村君、妹さんに、どこに行くかは言ってないよね？」

「――島の現場、とは言いましたけど、どこの島かは教えてないです」

「なら、もう電話は出ないでいいんじゃない？　喋っちゃうと辛くなるだけだし。文章だけ送っといたら？」

彼の提案に従って、野村さんは、「ごめんなさい。帰った時にちゃんと説明します」とメッセージを入力した。

「これ、送っても、まさか犯人は怒らないよね？　もしかして、『島の変事を外部に伝える』に該当したりする？」

「犯人に訊いてみます？」

沢村さんの提案で『こっくりさん』をやった。犯人からのおとがめはなかった。

メッセージを送ってしまうと、野村さんは、絨毯の上に膝を整え、深く息を吐いた。

「野村君はよくやってると思うけどな。帰ったら、俺も一緒に妹さんに説明してあげようか」

草下さんの労りの言葉はこの島には似つかわしくなく、空虚だった。

泣き止んだ野村さんは、ありがとうございます、と小さく呟いた。

スマホは封印され、応接室の集会は解散した。

八

午後九時前。寝るには早い時間である。ベッドの上に足を伸ばして座り、読み終わった『一九八四年』を、パラパラと捲った。

ぼんやり考えているのは、次に殺されるとしたら、それは一体誰だろうか、ということである。

明確な考えがある。わたしは、三人目の犠牲者の目星をつけている。あの、矢野口さんのスマホに残ったやりとりを見れば明白だった。第一、第二の犠牲者を見れば、それに続くべき三人目ははっきりしている。

そして、今のわたしはそれを何とも思っていない。

殺されそうな人物に警告をして、身を守るよう促すべきだろうか、だとか、昨日まで持っていた葛藤は忘れてしまった。

仕方がないのだ。わざわざ反逆者となって、世界を崩壊させて何になるのか。

わたしはディストピア世界にあって、ひたすら秩序を守るに徹する一市民である。思考も行動も、独裁者であり神である犯人に委《ゆだ》ねている。

そう決めてしまうと、フッと楽になった。不安はホワイトノイズみたいに常に心の中に響き続けているけれども、一定以上には大きくならない。

しかし――、明日、本当に三つ目の死体を発見したとして、その時に同じ心境でいられるかは分からない。麻痺していた罪悪感を思い出すことになるのか、それとも、自分の想像が当たっていたことに安堵し、真相こそ分からなくとも、事態が向かうべき方向に進んでいるのに納得することになるのか。

あるいは、みんな見当違いで、死んで欲しくない人が死ぬことになるのか？　そう思うと、不意に恐怖が兆した。

それとも、明日は何も起こらないのか。

そんなことはないだろう。事件最終日の予定を、犯人が空白にしているはずはない。

電気を消して、布団を被った。

何が起こるのか。怯えながらも、それをほんの少しだけ楽しみにしていた。

4　証拠隠滅

一

「おい、里英、里英」

　この日の朝も、やはり慌てた父の呼びかけによって起こされた。

　頭を振って、パーカーを着て、ドアのロックを外す。

「起きた？　大変だよ。また事件が起こったって。みんな下に集まってるよ」

　父は、不自然に感情の見えない顔で告げた。

「誰が死んだの？」

　当然のつもりで口にしてから、その質問が非人間的で、いくつもの段階をすっ飛ばしていることに気がついた。

　父は面食らったが、とがめはしなかった。

「とにかく、降りたら分かるから」

　その通りだ。そこにいないものが死んだのだ。

玄関ホールに、残る四人はすでに集まっていた。

沢村さん、草下さん、野村さん、そして綾川さん。わたしと父を加えて、それで全員である。

六人が揃ったのを受けて、草下さんは持っていたカレンダーの切れ端をみんなに見せた。

「これがね、また玄関ポーチに残されてた」

犯人の指示書きである。草下さんは目覚めるなり、また何か残されているのではないかと、朝刊でも取りに行くような気分で玄関を開け、これを発見したのだという。例によって、カレンダーの写真は連続していて、昨日や一昨日のものと同一の人物によって書かれたことが分かる。

指示書きは、これまでで一番長かった。草下さんは手始めにその冒頭を読んだ。


藤原は、指示に逆らい爆弾を無効化、あるいは島を脱出しようとしたために死んだ。この書面を発見したものは、別荘内の全員を集め、作業小屋の前に行き、地下室の上げ蓋を開け、藤原の死体を確認しなければならない。

但し、確認は地上から行わなければならない。地下室に立ち入ってはならない。室内には、犯人を示す明確な証拠が残っているからである。また、現場付近の物品に手を触れてはならない。


この後には、死体を確認して以降の、みんながとるべき行動について、詳細な指示が続いていた。

草下さんは先に進まず、指示書きを畳んでしまった。

「ここから先が問題なんだけど、とりあえず、地下がどうなってるか見に行こう。そうしろって書いてあるし」

彼を先頭に、作業小屋の方へ向かった。

六人の足並みはきれいに揃っていた。犯人に命じられ、死体を確認することに、すでに慣れ始めている。

作業小屋の東側に回り、ドアを正面に見て、十メートルくらい離れたところで草下さんは立ち止まった。

扉近くの地面に、鉄製の上げ蓋がある。

三日前の夕方以来、わたしは地下室を覗かなかったし、気にかけることもしなかった。事件がなくとも、そこは、子供のころから近寄ってはならない場所だった。

昨日、矢野口さんの死体を前にした時もそうだったけれども、みんな、現場に近づく前には慎重になった。万が一犯人がうっかり上げ蓋の近くに証拠を落としてでもいたら、島が爆発するのだ。

遠目にじっくりと上げ蓋を観察する。周囲の石畳は、昨日よりも土で汚れている気がした。しかし、他に異常はない。

無言の頷きを交わしてから、みんなでそろそろと作業小屋に歩み寄った。

扉の前まで来ると、草下さんはしゃがみ込み、把手《とって》に指を差し入れた。

「いい？　開けるよ？」

みんな中腰になって、上げ蓋に視線を据えた。

それはゆっくりと開かれた。

中は薄暗い。段ボールやブルーシートが床に広げられているのが見えた。ぽっかりとあいた穴を一歩引いて見下ろしているので、すぐには、他に何があるのかは分からなかった。

意を決して足を踏み出し、わたしたちは地下室を覗き込んだ。

「うわっ！　何だ！　これ。とんでもねえな！」

草下さんが、真っ先に叫び声を上げた。

視界に飛び込んできたのは、人間の足だった。

右足である。膝のあたりで切断されたものが、ゴミ袋に包まれ、穴の真下に転がっている。

地下室の中程には、ノコギリがあった。血糊《ちのり》で汚れた剪定《せんてい》ノコと金ノコが雑巾《ぞうきん》の上に並んでいた。

藤原さんは、解体されているのだ。

そのさらに奥に、残る藤原さんの死体はあった。

ブルーシートが敷かれた上に寝かされていた。頭はこちらに向けられている。作業は半ばのようである。

奥に行くほど光が届かない上に、折り畳みのテーブルの陰になっていて、死体の全容は分からなかったが、上半身の衣服が血か何かで汚されているのと、首に電源コードらしいものが巻きついているのははっきり見えた。

顔は土気色である。足を切断されたせいなのか、それとも単に地下室が薄暗いせいなのかは分からない。

草下さんは、叩きつけるみたいに上げ蓋を閉めた。ガツンと鉄の音が響いたのにみんなはびくりとして、行き場を失った眼差《まなざ》しで互いを探るように見た。

「もういいでしょ？　たくさんだわ。こんなの」

手についた土を、草下さんは汚らわしそうに、念入りにはたく。

わたしは石畳の上にうずくまった。そして、たった今目撃したものの意味を考えようと努めた。

昨晩、ずっと布団の中で考えていたことがある。

次に殺されるとしたら、それは一体誰か？　わたしは明確な予想を立てていた。

予想は当たった。三人目の被害者になるだろうと思っていたのは、藤原さんだった。

矢野口さんのスマホに残っていたやりとりを見れば、誰でも思い至ることだった。第一、第二の事件で殺されたのは、爆弾に関わっていた人物らしいのだ。では、残った人物の中で、その可能性が高いのは？　藤原さんに違いない。

彼は、最初に殺された小山内さんと同じ不動産会社に勤めていた。だったら、ここに来た目的も、小山内さんと共通していたと考えるべきだ。小山内さん、矢野口さん、藤原さんの三人は、爆弾造りに関わっていた。

三番目の事件が発生するかもしれないことは承知していた。そして、思っていた通り、藤原さんは殺された。

もはや犯人に従うしかないと考えて、感情を麻痺させようと努めていたわたしは、死体を前にして、罪悪感を思い出さずにはいられなかった。

そのつもりがあれば、防ぐ手立てはあった。藤原さんに警告をして、犯人に彼を殺す機会を与えないようにすることは出来た。

しかし、そうした時には、犯人によって島が爆破されていたかもしれないのだ。結局、彼を救おうとすることは、全員を殺すことになってしまう。――三つ目の死体を目の前にした衝撃に立ちくらみを起こしながらも、何度となく確かめたその事実に取り縋って、なんとかわたしは気を確かに保っていた。

大体、三つ目の殺人が起こるのは覚悟していたけれども、こんな異常なバラバラ殺人になるとは聞いていない。

沢村さんが、当然疑問にするべきことを口にした。

「犯人は、藤原さんを殺して――、その死体を解体しようとしてたってことですよね？」

「うん。こりゃ、そういうことでしょ」

草下さんは、上げ蓋を拳でゴンゴンと叩く。

「何で、そんなことをしなきゃいけなかったんでしょう？」

「バラバラにしないと、運べないからでしょ。地下で殺したんなら、そりゃまあそうなるわ。重いもん。人間の体って」

建築資材の搬出の話をしているみたいに、草下さんの言葉は無感情である。

「藤原さんは、夜中にここで何をやってたのかな？　作業小屋に侵入しようとしてたのか」

「多分ね。そんな風に書いてある」

地下室の奥の天井には、作業小屋の内部に通じる蓋があるのだ。

もちろん、犯人は、開かないように処置をしているはずだ。藤原さんは、なんとかしてそこから作業小屋の中に入れないかと試みたのだろうか。そこを、犯人に見つかって殺された。――指示書きの内容を信じるならこういうことかもしれないが、確証はない。単に、犯人に呼び出され、騙されて殺されたのかもしれない。

犯人は、この地下で藤原さんを殺害し、その死体を解体している途中だった。地下室の外に死体を運び出すためには、おそらく他に方法はない。地下室の出入りには、立てかけられた脚立を使わなければならないのだ。よほどの怪力の持ち主でない限り、死体をそのまま担いで上ることは出来ない。

手間のかかる仕事だ。夜のうちに済ませてしまいたかったのだろうけれども、おそらくは、間に合わなかったのだ。夜が明けると見つかってしまう危険が高まるので、半ばまでしか済んでいない作業を放り出して、現場を立ち去らねばならなかった。

「じゃあ、犯人の目的は？　死体を運び出して、どうしようっていうんです？」

「えっとね、これに全部書いてあるから。読むよ。さっきの続き」

沢村さんの尽きない問いに、疎ましそうな声で応じた草下さんは、読みかけの指示書きを再び広げた。そこには、地下室の死体の処分方法と、これから行うべきことが記されていた。

死体を確認した後、皆は以下の指示に従わなければならない。

藤原の死体はこれから、その他一切の証拠と共に、海中に投棄される。作業は、犯人自身の手によって行われる。

「――犯人がやるんですか？　この後始末を？」

昨日のことがあったから、沢村さんは、自分が死体の処分をやらされる気分になっていたらしい。

「うん。そうだって」

草下さんも、半信半疑の返事をした。ともあれ、先を読み進める。

藤原の死体は分割された後、地上に運搬される。作業小屋内のゴムボートを用いて、海上の捜索困難な地点に移動し、死体は処分される。

この作業が完了するまでの間、犯人以外のものは、別荘内に留まっていなければならない。

死体を処分している間、わたしたちは別荘で待っていろ、という。

そんなことをしたら、誰が犯人だかみんなにバレバレになってしまうじゃないか。そう思った。

当然そんなことは、犯人も承知していた。指示書きの続きに記されているのは、処理作業を行う人物を特定出来ないようにするため、みんながとるべき行動だった。

待機は、以下の手順で行われなければならない。

最初に、応接室に封印してある矢野口のスマートフォンを取り出さなければならない。それを玄関近辺に置き、午前九時半までに、皆は各自の寝室に引き取り、カーテンと雨戸を閉めなければならない。

午前九時半から、一人ずつ、一分おきに部屋のドアを廊下に向かって開け、数秒待機し、それを閉じなければならない。閉じた後、部屋の内鍵を掛けなければならない。これを行う際、廊下の様子を窺ってはならない。廊下に踏み出してはならない。行う順序は、六人の話し合いにて予《あらかじ》め取り決めなくてはならない。

まず、わたしたちは全員、寝室に閉じこもるのだ。

そして、一人ずつドアの開閉を行う。室内からバタバタさせるだけだけれども、この間に、犯人だけは廊下に出るのだろう。こうすれば、誰が出たかは、他のものには分からない。何に使うのか、矢野口さんのスマホを取り出しておけ、という。

内鍵を閉めた後、各自のドアの前に、貝殻が盛り塩のように積み上げられる。積み上げた形は、犯人によって記録される。よって、もし犯人不在の間に部屋を出入りした場合、その事実は直ちに発覚することを覚悟しなければならない。

また、この作業を行う間、ドアがノックされる場合がある。その際は、決してドアは開かず、室内からノックによって返答しなければならない。

証拠隠滅作業を行う間、他のものたちが部屋に留まっていることを犯人は確認出来ない。

だから、ドアの前に貝殻を積み上げていくのだ。ドアを開ければ、それは絶対に崩れてしまう。どのような形に積み上げていたか、室内からは分からない。

一種の封印である。戻ってきた時に積み方が変わっていれば、犯人は、中のものが寝室を出入りしたと判断する、ということなのだろう。
ノックに応答させるのは、ドアの開閉の際に、犯人を欺いてこっそり室外に出ることを防ぐためだと思われた。

各部屋が封印された後、矢野口のスマートフォンが、ボイスレコーダーをオンにした状態で屋内の某所に設置される。その後、別荘を出て、証拠隠滅作業が行われる。
この間、各自は寝室内にて静かに過ごさなければならない。物音を立ててはならない。声を発してはならない。雨戸を開け、外を眺めてはならない。

矢野口さんのスマホはそのために必要だったのか。犯人が留守の間に、残る五人が互いに声を掛け合って、その場にいないものをあぶり出すことを防ぐ措置である。もちろん、犯人の仕事を見学することも許されない。

証拠隠滅作業は、午後一時までに完了する予定である。作業を終えた犯人は、各自のドア前の貝殻が崩れていないことを確認する。
この時刻に、玄関の呼び鈴が鳴らされる。ただし呼び鈴一回は、作業時間三十分の延長を意味する。二回は、一時間の延長を意味する。以降、回数が一回増えるごとに、三十分多い作業時間を見積もらなければならない。

作業が完全に終了した際、呼び鈴は数秒程度連打される。呼び鈴を連打した後、犯人は別荘内の某所に待機する。

作業時間は三時間半程度を見込んでいるらしい。

目安をわざわざ教えてくれるのは親切である。犯人にしてみれば、そんなことをする必要はないのだけれども、しかしいつ終わるとも分からないまま部屋で待ち続けていては、恐怖に駆られた誰かが突飛な行動を起こす恐れもある。予め時刻を決めておいた方が安全だということだろうか。

呼び鈴の連打を聞いた時点で、各自は時計を確認しなければならない。

その時刻から、十分が経過するのを待ち、一人ずつ廊下に出て、風呂場に行き、シャワーを浴びなければならない。髪の毛まで念入りに、全身を洗浄しなければならない。それが済み次第、自室に戻らなければならない。この際、風呂場以外の一切の部屋に立ち寄ってはならない。

一人ずつ風呂場に行ってシャワーを浴びろという。

作業を終えた犯人の体は汚れているはずである。作業をしてきた痕跡を洗い流したいが、しかし一人だけ風呂上がりのような様子でいるのもまずい。だから、全員平等にお湯をかぶっておかなければならないのだ。

シャワーの時間は各自二十分とし、絶対にそれを過ぎてはならない。順番は、ドアの開閉順と同じ要領で予め定めておかねばならない。風呂場への往復の際は、自室のドアを力強く開閉しなければならない。シャワーの順番を待つものは、前の番のもののドアの音を聞き届けてから、部屋を出なければならない。

シャワーの際は、変わったマナーを強要される。うっかり出入りに鉢合わせをすることがないように、である。

このシャワーの順番待ちに、犯人はさり気なく紛れ込み、自分の部屋に戻るのだ。そうすれば、誰が死体の後始末をしていたのか、その証拠は一切残らない。

全員がシャワーを浴び終えたら、各自は寝室を出て、互いに顔を合わせることが許される。ただし、三十分の自由時間の後、皆はもう一度自室にこもらなければならない。そして、午前九時三十分から呼び鈴が連打されるまでと同じ時間を自室で待機しなければならない。この間に、スマートフォンの録音音声が再生され、犯人不在の間に不正な物音、あるいは会話がなかったことが確認される。待機中、部屋を出るのは、手洗いを利用する等の最低限にせねばならない。以上が全て守られた時、明朝の夜明けを待って、迎えの船を呼ぶことが許される。

長い指示書きは、ようやく終わった。

草下さんはカレンダーの切れ端を畳み、重々しく体を起こした。彼に倣って、わたしたちは立ち上がった。

「これを、我々にやれっていうんですね？　犯人は。藤原さんの死体を海に捨ててくるから、その間、別荘に閉じこもっていろっていうことですよね？」

沢村さんは、念押しするように言った。

「うん、そう。誰が犯人だかは分かんないようにしたまま、証拠を処分するってことだね。よく考えてあるね、これ」

草下さんは指示書きをヒラヒラさせる。

それきり、数学の難問を出されたクラスのような沈黙が起こった。どこかに、犯人に従う以外の選択肢があるのではないか？　そんなことをみんなは考えている。

思いつかないとなれば、指示書きに記されていることを実行するしかない。本当にそれでいいのか？　自分以外の誰かに決断をしてもらいたいのだ。

「犯人は、やっぱ、作業小屋の鍵を持ってた訳だな。そりゃそうか。捨てたりはしないか。いざって時があるもんな」

草下さんが言うのは、初日に問題視されたことである。

犯人は、作業小屋の鍵を所持しているのか、それとも海に投棄してしまったのか？　指示書きの内容を見る限り、鍵はどこかにある。でないと、作業小屋からボートを取り出すことが出来ない。だったら、それを奪うことは出来ないのか？　――不埒な考えが、犯人以外のものたちの脳裏を掠めたはずだった。

しかし結局、それは現実的ではなかった。犯人が鍵を身につけているとは限らない。島のどこかに隠されていてもおかしくないものだから、見つけられる可能性は低い。それに、鍵探しが始められたら、その時点で犯人が島の爆破を決断することもあり得る。

ずっと成り行きを見守っていた野村さんが、ボソリと言った。

「作業の間、私たちは犯人に命を預けないといけないんですね」

作業の間と言わず、わたしたちは二日前の朝からずっと犯人に命を握られているのだけれど、しかし、彼女の言いたいことは分かる。

これから犯人は、五人を別荘に残して、死体を捨てにボートで海に出ようというのである。もちろん、起爆装置も所持しているだろう。もし犯人が気まぐれを起こして、海上でそれを作動させたら？　犯人は自らの安全を確保したまま、残るものを皆殺しに出来るのだ。

「いや、でも、それは昨日話したじゃないですか。あれと同じことですよ。もし、犯人にそんな気があるんだったら、死体を切断したりしてないで、夜のうちにやっちゃえばよかった訳ですよ。そうしないで、わざわざ自分で死体の始末をしてくれるっていうんだから、我々を本土に帰してくれる気はあるってことでしょ？　ねえ？」

沢村さんは、誰にともなく問いかける。犯人に媚びて、さらには懇願《こんがん》しているのだ。

彼は持ってきていたクッションカバーを取り上げた。

「訊いてみますか？　一応――」

従えば、本当に助かるのか。それを訊いてみようという。

全く無意味な問いかけである。犯人の意思がどうあれ、ノーと答える訳はない。

それでも、わたしたちは『こっくりさん』をやった。もはや、それは神意を問うというより、犯人に従順を示すための儀式だった。根拠の不確かな免罪符を得たのと同じように、ほんの少しだけ安心が得られる。

クッションカバーが開かれた。もちろん、返事はイエス。

犯人に従う。分かりきっていた結論が出た。

六人で、別荘へと歩き出した。

道中、綾川さんの隣に行って、様子を窺った。彼女がどうするつもりか知りたかったが、言葉を交わすことは出来ない。綾川さんの表情にはみんなと同じ緊張が滲んでいたけれども、こちらに気づくと、元気づけようとするみたいに、そっとわたしの手首を握ってくれた。

二

時刻は午前八時半。一時間で、手筈《てはず》を整えなくてはならない。

みんな、部屋にこもって過ごす数時間の支度をしていた。食べ物や飲み物はあらかじめ持ち込んでおかなければならないし、それにトイレを使うことも出来ない。各自、洗面器やバケツ、それにゴミ袋とトイレットペーパーを部屋に置いておくことになった。

そんなのを使う羽目になるのは避けたい。なるべく飲食は控えようと思った。

それから、本である。

「面白くなくてもいいから、一、二冊、部屋に持っていっといた方がいいんじゃないですか？　気を紛らわす手段は多い方がいいですよ。きっと」

沢村さんの提案によって、全員が、伯父の本を借り出すことになった。

部屋に閉じこもって、手持ち無沙汰に悶々《もんもん》と作業終了を待っていては、気が変になるものが出るかもしれない。

今回の犯人の計画は、全員が理性を保っていることが前提になっている。誰かの精神が限界を迎え、指示を破って部屋を飛び出したりしたら大惨事が起こる。

だから、冷静さを保つために出来ることはなんでもやっておこう、という訳だった。

それにしても、伯父の書棚には、爆死するかもしれない時向けの本はあんまりない。みんな興味がなさそうに、しかしじっくりと本を選んだ。

綾川さんが、どう見たって午後までの時間で読み切れる訳のない、ピンチョンの『重力の虹』を下巻まで借り出していったので、不覚にも笑いそうになった。

『一九八四年』を読んでしまったわたしは、あらためて本棚を漁った。

隅に押し込まれていて、昨日見た時には目に入らなかった本があった。引っ張り出してみると、それは聖書だった。黒い、革風の装丁で、旧約と新約の合本である。ところどころ、ページの隅が折られていて、読まれた形跡があった。

これはもしかしたら、数少ない、爆死するかもしれない時向けの本である。全くもって面白くはなさそうだったけれど、さんざん『十戒』を引き合いに出している時でもあった。何となく、部屋に持っていこうと決めた。

それから、キッチンに行った。念のため、クッキーの小袋を二つと、ペットボトル入りの水を用意しておくことにしたのだ。食べずに済ませる気ではあるけれども、犯人の作業が予想外に長引くこともある。

戸棚の前でそれらを選んでいると、父がやってきた。

「あ、里英」

小声で呼びかけると、父は周囲を窺った。みんな、それぞれ巣ごもりの支度をしていて、近くには誰もいない。

そう分かると、声を潜めて父は言った。

「あのさ、矢野口さんのスマホって大丈夫なの？　綾川さん、ちゃんと返してるの？」

指示書きには、それを使って犯人は留守の間の物音を録音すると書かれていた。

「うん。昨日の夜、ちゃんと戻してたよ」

昨晩の連絡会の時に、綾川さんが抜け目なく袖口からスマホをナップザックに流し込む様子をわたしは見ていたのだけれど、父は気づかなかったらしい。もしや彼女がスマホを借りっぱなしなのではないかと、さっき、指示書きを見た時からずっと気を揉んでいたのだった。

「なんだ。良かった。でもな、危なかったな。うっかり返さずにいたら大変だった」

「うん。でも、大丈夫だと思うよ？　綾川さん、すごい慎重だから。こういうことも、ちゃんと考えてたと思う」

父は、わたしが綾川さんに寄せる信頼の根拠が分からん、と怪訝《けげん》そうである。

「里英、綾川さんが何考えてるにせよ、もう、やることはないんじゃないの？　犯人の言うことを聞くしかない訳でしょ？」

「そうかもしんないけど。でも、犯人の目的は結局分かんないままじゃん。無事に帰れるかどうかは決まってないし。

わたしもお父さんも、どうせもう思考停止してるだけだけど、綾川さんには、何か出来ることがあるのかもしれないでしょ」

囁き声を出す時は、どうしてもぶっきらぼうにならざるを得なかった。語気に気を使う余裕はなかった。

娘の機嫌が悪そうなのに、父は怯《ひる》んだ。この島では、常に、何気ないやりとりが最後の会話になる可能性がある。

にわかに後ろめたくなった。今、こんなことを議論したって何にもならない。

「お父さん、気をつけてね」

キッチンを去る時、精一杯、それだけ声を掛けた。

うん、と父は頼りない顔で頷いた。

午前九時十五分ごろ。わたしたち六人は応接室に集合していた。

決めなければならないことがあった。ドアの開閉、それからシャワーの順番である。

「適当でいいよね？　こんなのは」

そう言いながら、草下さんが紙切れに1から6までの数字を書き、定規を使って切り分け、くじを作った。

彼の手で折りたたまれ、かき混ぜられたそれを一人ずつ引いていく。わたしのくじには、『3』が記されていた。

「じゃあ、各自、予定表を書いて持っとこうか。大してやることはないけど、間違えるとまずいから。シャワーの順番も、これと一緒でいいよね？」

各自に、裏紙が配られた。自分がするべきことを、箇条書きにする。

・呼び鈴が連打されてから五十分後、二十分以内でシャワー（前の人の出入りの音を聞いてから）
・ノックがあった場合、応答
・午前九時三十二分、ドア開閉し、ロックする

これがわたしの予定表である。この上なく簡単だけれども、絶対に失敗してはいけない。

六人の予定表を突き合わせて、ミスがないことを確かめた。

「よし。あと、スマホか」

草下さん、沢村さん、父がキャビネットを動かし、ナップザックを取り出す。草下さんが、革ケースのスマホを摑み出した。

「えっと、これで合ってるよね？　矢野口君のスマホって」

彼はスマホをみんなに差し出して見せた。

「はい。それのはずです」

綾川さんが白々しく答える。

「そういや、犯人って、スマホのロックは解除出来るんですかね？」

「出来るんでしょ。矢野口君、みんなの前でスマホ開いたことがあったじゃない」

昨日、父と綾川さんの間で交わされたのと同じやりとりを、沢村さんと草下さんもした。

スマホは玄関マットの上に置かれた。

それから、六つの寝室を巡り、雨戸とカーテンを閉めて回った。全員が立ち会った方が、間違いは起こらない。

済むと、一階の階段近くに円を描いて立ち、手順の最終確認をした。時刻は、午前九時二十三分。

「そろそろ、部屋に行こうか。みんなちゃんと予定表持ってる？　うっかり寝過ごしたりとか、絶対やめてよ。じゃあ――」

それぞれの寝室へと向かった。

三

壁の電波時計の針をじっと見つめて待った。

九時三十分。秒針が数字の12を行き過ぎたと思うと、すぐに、廊下からドアを開ける音が聞こえてきた。これは、沢村さんである。数秒して、今度は閉じる音。

一分後。二人目のドアが開く音がする。これは、野村さんのはずである。

さらに一分が経って、自分の番が来た。ノブを握り、腕を廊下に突き出し、ドアを開ける。五秒数えて、バタンと閉じる。そして、ラッチを捻って施錠する。これで、一仕事終了である。

全員が正確にやりおおせたらしい。開閉の音はきっかり一分ごとに、父、綾川さん、草下さんと続いた。とりあえず、最初の作業はこの間に、犯人だけは廊下に出たのだ。この別荘は建て付けがいいから、慎重に開閉すればドアの音は響かないのだけれども、しかしうっかり金具がカチャとかキィとか鳴ってしまうこともある。だから、反対の発想で、あえて全員に廊下に出る機会を与えておこう、というのが犯人の目的である。

しばらくは、ドアの前に座り込んでいた。

今、犯人は全員の部屋の前に貝殻を積んで回っているはずである。絨毯が敷かれているから、犯人の足音も、貝殻が置かれる音も聞こえないだろう。

そう思って油断していたら、廊下から、カメラのシャッター音が聞こえ、飛び上がりそうになった。

そして、ノックの音。優しく二回。すかさずわたしもドアを叩く。

あのシャッター音は？　少し考えて、その意味が分かった。

きっと、ドアの前に積み上げた貝殻の写真を撮ったのだ。作業が終わり、別荘に戻ってきた時に、写真とそれを見比べて、出入りがなかったことを確認する。

それきり、物音は聞こえなかった。

別荘の造りが良いためでもあるし、犯人も足取りに気をつけているのだろう。玄関の開閉の気配も、部屋には届かなかった。

ジリジリと時間は過ぎてゆく。まるで、余命をやすりで削られているみたいな気分になる。

そろそろ、地下室で死体の解体の続きがされている頃合いだろう。

あまりにも現実味がない。地下室から運び出すのには、いくつくらいに分割するのだろうか？　腕と足と首を切るだけでいいのか？　それとも、胴体も細かくするのだろうか。犯人も、まさか慣れているのではないだろうし、手間取っていてもおかしくない。

ベッドの上で、聖書を開いてみた。

二段組で、字は細かい。どこを捲っても、馴染みのないカタカナの名前や、あるいは詩のようなものがページを埋め尽くしていた。

平常時なら、とても真面目に読む気にはならないだろう。でも、『十戒』という言葉が日常語になった今、その出典に目を通しておくべきなような気がした。聖書を読む、という行為は、この時にふさわしかった。

パラパラとページを繰って、モーセという名前が出てくるところを探した。出エジプト記に入ったところにその名を見つけると、ところどころ飛ばしながらも、『十戒』に関わる一連の記述を辿った。

それは、虐げられていたイスラエルの民を、モーセが導いてエジプトから約束の地カナンに向かうお話である。

モーセが海を割ったという、なんとなく知っていた有名な逸話は、その道半ば、エジプト兵に追われた中、神がモーセに言って起こした奇跡のことだった。モーセが手をさし伸べると、海の水は左右に分かれ、イスラエルの人々はそこを通った。エジプト兵が後を追うと、海は元通りとなった。

『十戒』が出てくるのは、その少し後だった。聖書の記述の中には、『十戒』という単語そのものは見当たらなかったが、十の戒律が語られ、それが記された石板をモーセが神から授けられたことが書かれていた。戒律を破って偶像崇拝をした人々は、罰せられたこと
沢村さんが言っていた通り、本を読む真似事《まねごと》をしているのは、冷静さを保つのにいくらか役に立った。

わたしは出エジプト記の終わりらへんに指を挟んだまま、仰向けにベッドに倒れ込んで、この聖書を持っていた伯父のことを思い返した。

伯父は信心深かった訳ではなかった。教養の一環か、それとも単なる奇想天外な物語として聖書に接していたのだろう。しかし、幼いころに、一度だけキリスト教にまつわる話を聞かされた覚えがある。

あれも、夏休みに、島にやってきた時のことだった。

流星群を控えた夜である。伯父と一緒に、夜空を眺めていた。

どうしてそんな話になったのだかは思い出せない。大自然を前にした、ありきたりの感慨がきっかけだったのではないかと思う。

「里英は、神様っていると思う?」

「知らない。いないと思う」

身近に信仰熱心な人なんていなかったし、宗教というものは知っていても、実体のない何ものかを人生の軸に据えて生きるということが、子供の自分にはまるでピンとこなかった。

「伯父さんはいると思ってるの?」

「どうかな?　でも、本気で信じてる人がいるのは知ってる。そうすると、普通には出来ないこと

が出来たりもする。そのために命を捨てちゃったり」

「死んじゃうの？　なんで？」

「神様のために死ぬことが幸せだと思っているからだ。そうしたら天国に行ける。でも、天国に行くために死ぬのは駄目なんだそうだ。それは自分のためだから、自殺だ。自殺したら、地獄に行く。

江戸時代に幕府に弾圧されて殺されたキリシタンも、これで天国に行ける、と思って死んだ人は地獄に行った、なんて話もある」

伯父はそう言ってニヤリと笑った。

彼は、相手が子供であるのに構わずに難しい話をすることがあった。それはわたしが伯父に懐いていた理由でもあった。

キリシタン弾圧の話を知ったのは中学の歴史の授業の時だから、小学生のわたしは十分には理解していなかった。しかし、考えることすら罪になる、という、この話の鮮烈な恐ろしさはずっと頭の中に留まっていた。

ディストピアと化したこの島で、まるで殉教者になろうとするみたいに、わたしは心を抑えつけ、恐怖を忘れようとしていた。

午前十一時を過ぎたころ。

外から、うっすらと、機械の音が響いてきた。

犯人が海に出たのだ！　あれは、ゴムボートの船外機のエンジン音だ。

何よりも、心を乱される瞬間だった。犯人に裏切られ、島が爆破されるのではないか？　それに恐怖した別荘内の誰かが、判断力を失い、部屋を飛び出すのではないか？　様々な種類の戦慄が、身体中《からだじゅう》を駆け巡った。

幸い、それは現実にはならなかった。依然として、別荘内には物音一つない。みんな、神託を忠実に守っている。

エンジン音が遠のいても、島が爆破されることはなかった。それはやがて聞こえなくなった。どこか、捜索しようもない地点に死体を投棄するのだろう。

やはり、食欲は出なかった。ペットボトルの水でわずかに喉を湿した他、何も口にしなかった。

やがて、時刻は正午を回った。

再び、エンジン音が聞こえた。仕事を終えた犯人が、島に戻ってきたのだ。

わたしに限らず、別荘内の全員が、この事実に安堵したはずだった。犯人に、島を爆破して逃走する意思がなかったことははっきりした。

作業は捗《はかど》ったらしい。死体の始末が済んだら、あとは片付けをするだけだろう。

そして、午後一時。指示書きで作業終了予定とされていた時刻である。

呼び鈴が、けたたましく連打された。

犯人は仕事を完了した！　ベッドに腰掛けていたわたしは、慌てて自筆の予定表を取り上げた。

これからシャワーの時間である。

わたしは三番目、今から五十分後だ。くれぐれも、前の人の出入りの音を確認してから廊下に出ること。何度も自分に言い聞かせる。

一時十分。最初のドアの音が聞こえる。沢村さんがシャワーを浴びに行った。

一時二十六分。沢村さんがシャワーを終え、自室に戻る。

一時三十分。野村さんがシャワー。なかなか戻る音が聞こえなくて気を揉んだ。一時四十九分、ギリギリになってようやく彼女がドアを閉める音がした。

時計の針が一時五十分を過ぎるのを見定めて、ドアを開けた。

足元でカラカラと音がしたのにびっくりする。積まれていた貝殻をドアで吹っ飛ばしたのだ。

廊下を見ると、沢村さんと野村さんのドアの前にも、貝殻が散らかっていた。

二十分で全てを済ませなければならない。階下に急いだ。


島に来てから、風呂場は一度も使っていなかった。そんな気分にはならなかったし、体の臭いなんかに構っていられなかったのだけれど、いざ三日ぶりにシャワーを浴びてみると、全身が浄化された心地がした。

とはいえ、あまり時間はない。シャンプーは諦めた。髪がゴワゴワになるのも、気にしていられない。

十分くらいでシャワーを済ませ、急いで体を拭いた。髪を乾かす時間もないから、タオルドライで我慢する。

少し余裕を持って、十四分くらいで部屋に戻った。

さらに、シャワーの順番待ちが消化されてゆく。父、綾川さん、草下さん。二十分おきの時間割も、正確に守られた。

全て予定通りに進行した。三時三分ごろ、草下さんが部屋に戻る音が聞こえた。

やにわにゴソゴソと、別荘全体が慌ただしくなった。ようやく、外に出ることが許されるのだ。

四

三時十分。そうすると決めていた訳ではなかったけれども、各々の部屋を出たわたしたち六人は、一階の階段近くに集まった。

みんな、湯上がりの格好をしている。犯人の指示を無事に遂行したことで、ほんの少し、のどかな雰囲気が漂っている。

「どうします？　一応、何か問題がないか訊いてみますか？」

沢村さんが、例によって『こっくりさん』を持ち出した。

問いは「我々は指示に従った。これでいいのか？」――返事はイエス。もちろん、イエスに決まっていた。

当然の結果に満足して、集会は解散した。

完全な自由が与えられた訳ではない。三十分したらまた、自室にこもらなければならないことになっている。

この時間をどう過ごすか？　綾川さんと二人きりで話がしたかった。

しかし、折悪《おりあ》しく彼女は気分が悪くなってしまったようで、トイレにこもっていた。

他のみんなは、散歩に出ていった。雨戸を閉めて部屋に留まっていた反動で、外の空気が恋しくなったのだ。

わたしも、島の外周を歩き、海風を浴びることに誘惑された。やがて、出ていった人たちが、何かの発見にざわめく気配が届いてきたので、綾川さんを待たずに玄関を出た。


みんなが集まっているのは、別荘と反対の、東側の崖際だった。

あの、小山内さんの死体が落ちているあたりである。父たちが一心に崖の下を覗いているようなので、何事かと駆けていった。

近づくにつれ、不愉快な臭いが鼻を刺激した。タンパク質が焦げる臭気である。

「あ、里英――」

わたしがやってきたのに気づいた父は、こちらに歩み寄った。

みんなが集まる崖に近づくのを止めようとするみたいだった。そこにあるのは、娘に見せて良いか躊躇われるものらしい。

「ちょっと、びっくりするかもしれないよ？　見ない方がいいんじゃない？」

「何？　気になる」

父に構わず崖に近寄る。

足場を確かめながら、そっと崖の下を見た。

そこにあったのは、やはり、小山内さんの死体だった。

ただし、様子は一変していた。死体は黒焦《くろこ》げになっていた。

たっぷりとガソリンが使われたらしい。全身が炭化して、骨格が浮き出るほど、念入りに燃やされている。

振り返ると、父は囁いた。

「犯人、ほんとにやったね」

ぼそりと、わたしにだけ聞こえる声だった。

ほんとに、というのは、綾川さんが言っていた通り、という意味だ。二日前、応接室で「証拠隠滅のために犯人は死体を焼却するのではないか」という話を彼女はしていた。

ちょうどそこへ、当の綾川さんがやってきた。

「あ、綾川さん、大丈夫？　気分が悪いんだっけ？」

沢村さんが声を掛ける。

「はい。ちょっと、緊張で吐き気がしちゃって。もう大丈夫そうです」

「そう？　いやでも、体調がそんな感じなら、これは見ない方がいいかもよ」

父と同じ忠告を、彼は部下の綾川さんにした。綾川さんも、わたしと同じように、構わず崖下を覗いた。

「──燃やしたんですね。証拠隠滅ってことですね」

彼女は、犯人がそんなことをするとは思いもよらなかった、という調子をつくった。

「うん。燃料運んだりするの大変だからね。みんなが別荘にこもってるタイミングでやっちゃうのがいいのは確かだわ」

草下さんは、犯人の仕事の段取りに納得してみせる。

崖際に集まったみんなは、異常な死体を眼下にして、あまり動揺した様子もない。

それも当然のことで、死体が燃やされた事実は、初日に検討された「犯人は、証拠を隠滅する時間を確保するために、みんなを島に閉じ込めた」という説を裏付けている。それなら、明日の朝を待てば、全員、無事に島を出られるはずなのだ。犯人が順調に証拠隠滅を遂行しているのは、むしろ安心材料である。

野村さんだけは、みんなから離れて、地べたに膝をついて俯いていた。

彼女の精神の疲弊は明らかだった。島の異常事態と、本土の家族の問題の板挟みになって、やつれきっていたところに、証拠隠滅を待つ、異常な時間を過ごさなければならなかったのだ。

「野村さん、お疲れですか？　大丈夫ですか？」

綾川さんは彼女のそばにしゃがみ、目線を合わせる。

「――私たち、許されるんでしょうか？　無事に帰れたとして、もう三人も亡くなったじゃないですか。それも、こんな酷い状態で。

私たちには、何にも責任はないんですか？　本当に？」

野村さんの嘆きは、深刻で、少し場違いだった。

わたしたちは、明らかに犯人の協力をしている。殺人を通報せず、死体の梱包仕事を肩代わりし、証拠隠滅中に犯人が発覚することのないよう、指示に従い十分な配慮をした。

強制されたのだ。誰かに責められる謂れはない。

それでも、罪悪感はゼロにはならない。本土に帰り着いた時、麻酔が切れたみたいに、その罪悪感がわたしたちを苛むのではないか？

今考えたって、仕方がないことだ。すでにそう、結論は出ている。

「私、この島から帰って、また普通に生きていかないといけないんですよね？　もちろん。子供もいるし、いろいろ責任もあるし――」

どうやら野村さんは、犯人の証拠隠滅作業が順調らしいのを見て、気が抜けたようだった。同時に、この経験を抱えたまま、残りの人生を過ごすのが恐ろしくなったのだ。

そんな心配をするのは気が早いだろう。まだ、無事に帰れると決まった訳ではない。

「大丈夫だって！　誰も野村君が悪いなんて言わないから！　ねえ――」

草下さんは励《はげ》まそうとしたが、野村さんが犯人である可能性を無視していることに気づいて、彼の言葉は尻切《しりき》れとんぼになった。

「あと十数時間のことですからね。悩むにしても、そのあとでいいんじゃないですか？」

沢村さんも、当たり障りのない言葉を探して、野村さんを宥《なだ》めようとする。

彼女の変調で、みんなは緊張を取り戻した。この六人の中に犯人がいる。その正体が明らかになった時は、全員が死ぬかもしれない。それをはっきりと思い出したようだった。

「野村君、部屋に戻っといたら？　ここだと余計気分悪くなりそうだし。休んだ方がいいよ。どうせ、三十分しかないんだし」

草下さんに促され、野村さんは立ち上がった。

彼女が一人で別荘に向かおうとすると、草下さんは後を追った。誰か一人の暴走で大惨事が起きかねないのだから、出来る限りのメンタルケアをしなければならない。

「私も、戻りますね。大室さんたちも、遅れないようにして下さいね。なんせ、三十分ですから」

沢村さんも、二人の後を追って別荘に向かう。わたしと父、それに綾川さんが崖際に取り残された。

「ほんと、念入りに燃やされてますね」

綾川さんは、改めて崖の下を覗き、死体の状態をじっくり確かめた。

「うん、まあ、確かに。これだと、検死しても、ちゃんとしたことは分からないんじゃないです？きっと」

父は、興味の無い世間話に調子を合わせるように言った。

燃やされた死体を前にしても、さしてショックは受けなかった。綾川さんにその可能性を示唆《しさ》されていたし、何より、小山内さんが爆弾造りに関わっていたらしいことを聞かされていたからである。

被害者は、犯罪者だったらしい。この事実を思い出すのは、犯人に従うことを納得するのに役立った。

綾川さんは、出来ることなら野村さんにそう教えたかったのかもしれない。彼女に冷静でいてもらうのは、島を脱出するためには重要なことである。もちろん、矢野口さんのスマホを盗み見たとは言えないから、それは出来ない相談だったけれど。

綾川さんは、崖下に最後の一瞥《いちべつ》を呉《く》れた。

「戻りましょうか。私たちも」

まだ時間には余裕があったけれども、これ以上黒焦げの死体を眺めていたくはなかった。

遊歩道を南に少し戻ると、島の中央を突っ切って、別荘にまっすぐ進む。

道半ば、作業小屋に差し掛かった時である。父が、子供が珍しいものを発見したみたいに、小屋の外壁の一角を指差した。

「あっ、無くなってる」

今朝まで、そこにはブルーシートに包まれた矢野口さんの死体が置かれていたのである。

無くなっているのが当然だろう。藤原さんの死体を捨てるついでに、海に沈めてしまえばいい。

「犯人が、我々に死体をブルーシートに包むのをやらせたのは、死体処理の下準備だったってことですか。あと、重りでも括って、すぐに始末が出来るように」

地下室の藤原さんの死体の処理は、周りにすぐ目につく証拠を残していたから自分でやるしかなかったけれど、矢野口さんの死体の梱包作業はわたしたちに任せても問題なかった。——そういうことなのだろうか？

「下準備だった、というのは間違いないと思います。単に面倒な仕事を私たちに押し付けた訳ではなくて、死体を梱包させるのは、犯人にとってどうしても必要なことだったはずです」

綾川さんは意味ありげに言った。

作業小屋の正面までやってくると、地下室の上げ蓋は開けっぱなしになっていた。

覗くと、当然、藤原さんの死体は影も形もない。そればかりでなく、敷かれていた段ボールやブルーシートもことごとく無くなっている。証拠となりうるものは徹底的に処分され、地下室は物品が減ってがらんとしていた。

「きちんとしてますね、犯人は。そうじゃなきゃ、僕らも困るけど」

「そうですね。見た感じ、血痕《けっこん》とかも全然残ってないですからね」

死体の解体作業は、慎重に行われたのだろう。

地下室の確認は、それだけで済ませた。特に見るものもないし、長居する時間もない。

そろそろ、三十分の休憩が終わる。これからまたしばらく、犯人のわがままに付き合わなくてはならない。

五

「三時四十分から三時間半だから、七時十分までですね。それまで、各自部屋で過ごせばいいんですよね」

沢村さんが、指示書きを読み返し、手順の最終確認をする。

また、玄関ホールの階段のそばに集まっていた。あと五分あまりで三時四十分である。

「じゃあ、解散しましょうか。ちょっと早いですけど」

一日目の『十戒』に、三十分以上同席していてはいけないと記されている。犯人は、最短で三十分おきに爆弾のタイマーをセットしている可能性があるのだ。余裕を持ってタイマーを操作出来るように、と考えると、なるべく五分前行動をするのが望ましい。

わたしたちは、再びそれぞれの部屋へと向かった。

寝室のベッドに寝転んで、天井を仰いだ。

カーテンと雨戸は閉めたままである。犯人の屋外作業は済んだから、もう開けてもいいのだろうけれど、何となく億劫だった。閉め切っている方が、心が休まる。

この時間は、犯人が、留守中の録音を聞くための時間である。誰かがこっそり声を掛け合って犯人の正体を明らかにしようとしなかったか、確認するのだ。

その間、他のものたちに自由行動をさせる訳にはいかない。三時間半の間、一人だけ部屋にこもっていたら、犯人だとバレバレである。だから、無実のものも一律で隔離しなければならないのだ。

死体の処理を待っていた時よりは落ち着いていられる。今回は、トイレに行くくらいのことは許されている。終了時刻も明確だし、犯人が安全圏から起爆装置を作動させる心配もしなくていい。

それに、犯人以外はみんな知っていることだけれども、録音の確認は、全く無駄な仕事なのだ。

指示は忠実に守られた。作業が終わるのを待っている間、誰も物音一つ立てなかった。犯人の心配は杞憂《きゆう》である。

わざわざ三時間半の録音を聞き返さなくとも、みんな静かにしてたから大丈夫ですよ、と犯人に教えてあげたいくらいだ。もちろん、そんな差し出がましいことはしない方がいいのだけれど。

この三時間半は、久しぶりに退屈を感じた。

余裕が生まれたのは、脱出の時が近づいてきたせいもあるだろう。

日の出までだから、あと十三時間くらいである。次に夜が明ければ、迎えの船を呼んでいいのだ。時の経つ遅さがじれったい。

しかし――、その先のことを考えると、今度はまた不安がよぎる。

現場の証拠はみんな処分された。録音の確認が済めば、知らされている限り、犯人の仕事はこれで全部である。

すると犯人は、明日の朝を待って、無実のものたちと一緒にこの島を出ていくのか。

本当に、計画はそれだけなのか？　すでに、島に残っているのは六人だけになっている。当然、警察は綿密な捜査をするだろう。取り調べも一人一人厳重にされるだろうし、わたしはそれになんと答えるのか？

犯人はどうやってやり過ごすつもりなのか。物的証拠さえ始末しておけばなんとかなるということか、それとも――

やっぱり、犯人の計画がそんないいかげんなものとは信じられなかった。

だったら、事件はこれだけでは終わらない。まだ、今から何かが起こる。その時、わたしは無事でいられるのだろうか？

今、物音を立てることは禁じられていない。しかし、別荘は静まり返っていた。

六

午後七時十分。

録音の再生は終わったはずである。廊下から、みんなが部屋を出る気配がした。

ドアを開け、階段を降りると、沢村さんが立っていた。クッションカバーを携えて、六人が揃うのを待っていた。

「終わりましたね。問題がなかったか、訊いてみましょうか？」

定例となった『こっくりさん』をやった。

問いかけは「我々が犯人を見つけようとしなかったことは分かってもらえたのか？　犯人は、今の状況に満足しているのか？」である。

返事は、イエス。クッションカバーには、貝殻だけが投じられていた。

当然の結果にみんなは安堵した。

「よし！　いろいろややこしかったけど、みんなでちゃんとやり切ったね。これで、あと十時間くらい！　それだけ待てば帰れるんだ」

草下さんは、自分の太ももを両手でばちんと叩いて、景気のいい音を立てた。

「夕食にしましょうか。皆さん、今日あんまり食事してないですよね？　きっと」

沢村さんが提案する。

わたしは結局クッキーには手をつけずじまいだったし、他のみんなも満足に食べてはいないだろう。

食欲があるのかはよく分からなかったけれど、一仕事片付いたことだし、とりあえず食卓を調えてみよう。——わたしも、おそらくみんなも、そんな気分だった。

食堂のテーブルに並べられたのは、昨日までのより少しグレードの高い、缶入りのレトルトカレーだった。茹《ゆ》でたコーンが添えられ、デザートにシロップ漬けのフルーツが用意された。

それらは、みんながなんとなく、今まで手をつけるのを遠慮していたものだった。楽しみを先に消費してしまうのが、理性を消費することのような気がしていたのだ。

脱出の目処《めど》が立ったのだし、もう使ってもいいだろう。暗黙のうちに、そんな判断がされた。

六人だけの食卓である。

三人が死んで、食堂の空気は浄化された。

心の片隅《かたすみ》で、そんなことを考えるのを止められなかった。三人は爆弾犯だったのだ。訳の分からないこの事件を、訳の分からないままに納得しようとすると、わたしの結論はそこに向かおうとする。

食堂のみんなの様子を窺う。

楽観的な気分も滲んでいる。草下さんと沢村さんは、やることはやった、これ以上、考えるべきこともない。あとは夜明けを待つばかりだ、とでもいう風である。

一方で父は、食堂から容疑者が減って、犯人の濃度が高くなりすぎたことが気になっているようだった。気にするまいと思いながらも、みんなの様子を窺わずにはいられないらしかった。無理もない話で、わたしが綾川さんのアリバイを申し立てたから、父の目線からは、容疑者はもう三人しかいないのだ。

憔悴が一番激しいのは、やはり野村さんだった。

一人きりで過ごした三時間半は、余計に彼女の心労を重くしたようである。

他のものたちには、彼女の心が理解しがたいようだった。わたしにも想像がつかなかった。崖際での様子を見る限り、もしかしたら彼女の恐怖はパラノイアのようなところにまで発展してしまっているのかもしれない。

草下さんは、恐る恐る声を掛ける。

「野村君、フルーツだけ食べたら？　カレーは残していいから」

「はい。そうします」

食事中、野村さんが発した言葉はそれだけだった。

そんな茫漠《ぼうばく》とした互いの探り合いから一人だけ距離を置いていたのは、綾川さんである。彼女は終始何かを考え続けていた。

七

食事は済んだ。

片付けは、わたしと綾川さんが受け持った。食器をキッチンに運ぶ。食べ残しはビニール袋に入れる。彼女がお皿やコップをスポンジで擦って、それをわたしが濯《すす》ぎ、ふきんで拭いた。

必要以上に丁寧な仕事をした。

綾川さんには、明らかに、何かの考えがあった。もちろん、この事件に決着をつけ、島から無事に本土に帰るために必要な考えのはずで、わたしに話すか否か、ずっと彼女は迷っていたらしかった。

そう察したから、丁寧に皿を拭いて、彼女が話を切り出すのを待っていた。

やがて、皿をみんな洗い終え、蛇口を閉めた綾川さんは、外の気配に少しだけ注意を向けた。そして、わたしの耳に口を寄せると、微かな囁き声で言った。

「里英ちゃん？　大事な話があるんだ」

「はい」

ついに、待ち受けていた時が来た。

「どうしようかな。ここだとまずいかも。絶対に誰にも聞かれないようにしないといけないから――」

その時。

食堂で、突然、大きな泣き声が響き出した。

野村さんの声だった。

わたしと綾川さんは、その場に硬直して息を殺した。やがて、草下さんがやってきて、野村さんを宥める声が聞こえてきた。

困ったようにドアの方を見て、綾川さんはこちらに向き直った。

「里英ちゃん、実は私、今からみんなを集めて、話をしようと思ってるんだ。何を話すか、里英ちゃんだけには教えておきたかったんだけど、ちょっと、そんな暇ないかも。

だから、これだけ言っておこうと思って。もしかしたら、私の話で、すごくびっくりすることがあるかもしれないんだけど、でも、絶対に大丈夫だから。私が何をするか、見ててもらってもいい？」

「大丈夫です。信じてます」

そう言おうと決めていた。

綾川さんは小さく頷いて、食堂に歩を進めた。


野村さんは食堂のテーブルに突っ伏して、すすり泣いていた。

草下さんが、そのそばに両手を突いて、苛立たしげに声を掛ける。

「だからさ！　そんなことは、今考えなくたっていいんだって！　帰ってから悩めばいいの！」

「そうですか？　でも——、このまま帰って——、それから、どうするんですか——？」

いつの間にか、沢村さんと父も、食堂に様子を見にきていた。

「——私たちの中に、犯人はいるんじゃないですか。犯人の計画は、それが誰だか分からないようにするってことなんでしょ？

計画が上手くいくってことは——、私たち全員が、これから、六分の一で殺人犯かもしれないと思われながら生きていくってことじゃないですか。違いますか？　生き地獄じゃないですか。そんなの」

「いやさ、そうなるとは限らないでしょ？　だから——」

しかし、「そうなるとは限らない」というのは、犯人の正体が明かされることを意味する。それを思い出して、草下さんはその先を言《い》い淀《よど》んだ。

犯人は、この島を脱出してから、どうする気なのか？

野村さんに限らない。みんな気掛かりにしているはずだった。ただ、恐れて口に出すことを避けていたのだ。

精神の均衡を崩しつつある野村さんと、犯人の指示に背くことを避けようとする草下さん、生き残ることを考えた時、どちらが正解を選ぼうとしているのかは分からない。

わたしは一切を綾川さんに委ねていた。

食堂はひととき静まった。綾川さんは一人一人の表情を慎重に観察してから、口を開いた。

「——野村さんの心配は、もっともだと思います。でも、それについては、私は答えを持っています。だから、悩む必要はないです」

「答えを持ってる？」

沢村さんが、目を丸くして聞き返す。

「はい。そうです。でも、私には、野村さんとは別の気掛かりがあります。私一人では結論の出せない、全員で判断しないといけないことです。

そのために、私は今から、この事件の真犯人を指摘しようと思います」

「え？　何？」

沢村さんは唖然《あぜん》とした。

みんな、顔面を蒼白にして、綾川さんを見た。何人かは、敵襲に怯えるように自分の頭を覆った。

それは、決して口にしてはならないはずのことだった。犯人を見つけようとした時、島は爆破される。それが神託である。

誰も彼も、冷静にしか見えない綾川さんの正気を疑っていた。ことによっては、彼女を縛りつけ、口を塞ぐべきなのか？　あるいはもう手遅れなのか？　瞬時の逡巡《しゅんじゅん》が、父や草下さん、沢村さんの顔に浮かんだ。

みんなが、何も決断しないうちに、綾川さんは言葉を継ぐ。

「私がやけを起こして、みんなを道連れにして死のうと思ったとか、そういう訳ではないので安心して下さい。これは、無事に島から帰るための話です。

私が、犯人を指摘して、その先どうするかは、全員で考えないといけないと思います。何が最善かは、私にも分からないですから。

ただ、一つだけ、確信を持っていることがあります。私が、こ、こ、ここで名指しした、と、と、としても、犯人が、そ、それを理由に起爆装置を作動させることは絶対にありません。話を聞けば、納得してもらえると思います」

犯人だとしても、絶対に起爆装置を作動させない人物？　それは？

わたしは不穏な想像に震えた。綾川さんは誰を名指しするつもりなのか？

「綾川さん、その話は、絶対に今した方がいいってことなんだね？　とりあえず日の出を待って、脱出してから、とかではなく？」

「はい。話すこと自体はほとんどノーリスクです。問題は、その後に何をするか、なので」

「そんなに、自信があるんだね？」

「今話すべき、ということは間違いないです」

「分かった。聞く」

沢村さんは、重大な仕事を新人部下に任せることに納得した。

他のみんなは無言のまま、綾川さんの話が進むのを待っている。

ディストピアの住人は、思っていたよりも早く、革命の時が来たことに戸惑っていた。

それでも、彼女の邪魔をするものはいなかった。『十戒』に従い、口にこそしなかったが、もちろん彼らは、犯人の正体を知りたくてたまらなかったのだ。

5　選択

一

「なるべく手短に話しますね。もし、私の話に皆さんが納得してくれるなら、一刻も早く行動を起こした方がいいってことになるかもしれないので。

この事件、謎はいろいろありますよね。まず、誰が犯人なのか。どうして、わざわざ島に集まったこのタイミングで殺人をしたのか。どうして私たちを、爆弾を使って島に閉じ込めたのか。何者かによって蓄《たくわ》えられていた爆弾は、事件とどう関係があるのか。

どこから考えたらいいのかですけど、重要なのは、やっぱり、犯人の正体ですね。犯人を論理的に特定すれば、それ以外の謎の答えは、自然と明らかになります」

綾川さんは、即興とは思えない流暢《りゅうちょう》さで演説を始めた。

彼女の言葉を疑っていたものも、そこに十分な論理の裏付けが用意されていることを信用する気になったようだった。

「では、犯人は誰なのか、です。まず、前提として共有しておきたいことがあります。それは、島で発生した事件の犯人は同一人物だ、ということです。

この島で、別人による別の動機の殺人事件が同時発生する、ということはほとんど考えられないんですけど、何より、犯人が残した三枚の指示書きが決定的な証拠ですね。

あの三枚は、カレンダーの裏紙で、山岳風景の写真は繋がっていました。犯人は、大室さんのお兄さんの部屋のカレンダーを持ち出して、それをちょっとずつ切って使っていた訳ですね。

この事実は、三つの事件が同一人物によって起こされたことを認定するのに十分だと思います。もちろん、共犯者がいたら、とかの可能性を考え始めるときりがないんですが、その場合でも、要するに三つの事件が共通した目的のもとに起こされたことには変わりないので、犯人を考える上で、あまり影響はないです」

「うん、それはみんな納得してるでしょう。大丈夫」

沢村さんの相槌である。

「では、三つの事件は誰によって起こされたのか。考える材料は、あまり多くありません。犯人に行動を制限されていたからです。私たちは、殺人の現場を詳細に観察したり、全員のアリバイを確認したりすることは許されませんでした。

小山内さんの事件は、夜の間にクロスボウを使って行われた、というだけで、誰にでも出来たものと思われます。犯人を限定するのに役立つ手掛かりは残っていません。

藤原さんの事件でも、地下室に近寄ることは禁止でしたから、現場検証は一切出来ずじまいでした。

当然ながら、犯人は、証拠を残さないように細心の注意を払っています。犯人が特定されたら、全員の破滅ですから。指示書きも、別荘内の誰にでも持ち出せるものを使って、筆跡を誤魔化してありました。

犯人にとっても、私たちにとっても幸いなことに、犯行に際して、大きなミスはなかったようです。

それなら、何を根拠に犯人を特定したらいいのか、です。

一つ目と三つ目の事件には、私たちが推理を巡らせる余地はありませんでした。ただ、唯一、矢野口さんの殺人にだけ、違和感があったのを皆さん覚えてますか？」

違和感？

わたしは思い出した。確かに、矢野口さんの殺人は他とは違っていた。明確な不自然さがあったのだ。

「足跡のこと？　それは」

草下さんが言う。綾川さんは頷く。

「そうです。別荘と、殺された矢野口さんが見つかった作業小屋との間に残されていた足跡に関する問題です。

事件の夜、二日前のことですけど、にわか雨が降ったんでしたね。そのせいで、地面は足跡が残る状態になっていました。

そして、死体が発見された時です。被害者は南側の道を、犯人は、西側の、別荘を回り込む道を歩いたようでした。殺人が済むと、死体は石畳の上に放置され、犯人は、矢野口さんのやってきた道を通って別荘に戻ってきました。この時、犯人は矢野口さんの足跡を、木切れでなぞって消しています。

そして、犯人は指示書きを残します。内容は、矢野口さんの死体をブルーシートで梱包しろ、ということ、それから、犯人が歩いた長靴の足跡を均せ、ということでした。朝になって、それを草下さんが発見します。

起こったのは、こういうことだったはずですね。ただ、もう少し想像で補っておいた方がいいこともあります。

犯人と被害者は、作業小屋の前で何をしようとしていたのか、ですね。はっきりとは分からないんですけど、待ち合わせをしていた、と考えるのが一番自然ではないかと思います。

矢野口さんの足跡も、犯人の足跡も、違う道を通ってはいましたけど、どちらも、作業小屋が目的地だったのは間違いないでしょう。どこかに寄り道をした形跡は全くありませんでした。

同じ目的地に二人してまっすぐ向かった訳ですから、多分、犯人と被害者の間には、夜中の何時に作業小屋の前で会うとかの約束があっただろう、というのが私の考えです」

ふん、だとか、ううん、だとか、吐息の音が聞こえる。みんな、綾川さんの仮説を精査している。

やがて、沢村さんが言った。

「そう考えるのが自然っていうのは分かる。でも、それならそれで、矢野口さんと犯人は、作業小屋の前で何をしようとしてたんだって話になるよね？

矢野口さんはあっさり殺されちゃったみたいだし、犯人を警戒してなかったらしいよね。そんなこと、あるかな？　指示書きには、犯人の正体を探ろうとしたから死んだって書いてあったじゃない」

「はい。確かに、矢野口さんがどうして犯人を警戒しなかったのか、という問題はあります。でも、それは、犯人の名前が明らかになったら、そこから逆算して説明をつけることが出来ます」

今度は草下さんが反論した。

「二人が、絶対に待ち合わせしてたとは限らないんじゃないの？　矢野口君が夜中にこっそり作業小屋の扉をこじ開けようとしてて、それに気づいた犯人が、背後から忍び寄って殺した可能性もあるんじゃない？」

「でも、そうだとしたら、犯人は島の外周を通る道じゃなくて、矢野口さんと同じ道を通りそうじゃないですか？　追いかけるみたいにして。

それに、犯人の足跡って、歩幅を不自然に広くして、誰のだか分からないように工夫してありましたよね。もし、矢野口さんが作業小屋をこじ開けようとしてるのを見つけたんだったら、歩幅に気をつける余裕はない気がします。まっすぐ、矢野口さんのところに走っていって、一刻も早く殺そうとするんじゃないかと思います」

「うん、まあねえ――」

煮え切らない声で草下さんは考え込む。

綾川さんはすかさずフォローを入れた。

「もちろん、今の時点で『犯人と被害者がこっそり会う約束をしていた』っていうことを、事実と認定してもらう必要はないです。ただ、その可能性が十分あった、とだけ思ってもらえれば、私の推理は先に進められます」

「ああ、そうなの。うん、それは分かるよ？　確かにあの足跡は、密談しようとしてたように見えるな」

草下さんはそう言って腕を組んだ。

綾川さんは、全員の顔を見て、誰にも異議のないことを確かめた。

「ありがとうございます。では、ここまではいいとして、その先の問題を検討することにします。矢野口さんの殺人における最大の謎といったら、犯人はどうして被害者の足跡を消したのか、ということに尽きるでしょうね。

それも、犯人自身の足跡を消すことは、無実のものたちに任せているのに、です」

そうなのだ。どんな意味があるのか、わたしには全く分からなかった。

「――まず、この時の犯人の行動を整理します。犯人は、おそらくは約束していた時間に合わせて、作業小屋の前に向かいました。

何時かは分かりません。ともかく、雨が止んだ後です。犯人と被害者、どちらが先に来ていたかも、今の時点では未確定ということにしておきます。

ですけど、わざわざ長靴を履いていること、歩幅を誤魔化していること、凶器を事前に持ち出していることからして、犯人に明確な殺意があったのは間違いないと思います。

犯人は、矢野口さんを殺害して、作業小屋の近くに置いてあった木切れで、被害者自身の足跡を均しながら別荘に戻ってきました。そして、指示書きを残して、長靴も玄関に放置して、自分の部屋で、朝に誰かが指示書きに気づくのを待っていたんですね。

犯人が、私たちに自身の足跡を消させた理由は、まあ分かりますよね。歩幅だとかに気をつけていても、どこかに癖が残っていたり、足跡の深さで体重を推定されるかもしれない、ということが心配だったんだと思います。

でも、この作業って、犯人が自分でやるのは結構大変ですよね。足跡に沿って、別荘と作業小屋の道を木切れを持って歩かないといけない訳ですけど、往復だからそれなりに距離があるし、その作業中に残した足跡も消さないといけないですしね。

その間に、誰かに見つかってしまう危険もあります。もしかしたら、夜明けが近くて、作業の時間がなかったのかもしれません。

だから、私たちにやらせるのが一番いい、と判断したんでしょう。犯人が心配していたのは、足跡が後日、警察に調べられることでしょうから。私たちに見られたって、犯人だと発覚する心配はありません。

だとしたら、犯人は、なぜ被害者の足跡を消したんでしょうか？　矢野口さんが自分で歩いてきた足跡ですから、普通に考えたら、犯罪の証拠になるはずがないものです。でも、犯人はそれを、自分の足跡よりも優先して消さないといけなかったんです」

「それはつまり、犯人は、俺らに、その足跡を見られる訳にはいかなかったってことだよね？」

草下さんが問う。

「はい、そうです」

「その理由が分かれば、犯人が分かるってこと？」

「はい」

訊きながらも、彼は戦々恐々として、食堂を見回している。

いくら、ここで犯人が明かされても、それによって起爆装置が作動させられることはないと綾川さんに確言されたにしても、不安がぬぐい切れるものでもないだろう。

しかし、推理がここまで進行して、その先を聞かずに済ませられる訳もなかった。

綾川さんは深呼吸をする。

「では、お話しします。犯人が、被害者の足跡を消さなければならないのは、どんな時か。それは、被害者が、間違えて犯人の靴を履いていた時です」

わたしは思わず、あっ、という小さな叫び声を上げた。

みんなも、一斉に息を吞んだ。綾川さんが語ろうとする論理の輪郭《りんかく》が、にわかに明確になったのだ。

「それ以外に、犯人が被害者の足跡を消さなければならない理由は考えられないと思います。矢野口さんが、矢野口さん自身の靴を履いていたのなら、何をしたって犯人には関係ないですから。でも、靴を履き違えていたとなったら、事情が変わります。被害者が、履いているはずのない靴を履いていた時、犯人はその足跡を消さなくてはいけなくなるんです」

「履いているはずのない靴、ですか？」

野村さんは、推理が具体性を増してきたところで、久しぶりに口を開いた。冷静さを取り戻している。

みんな、もじもじと、互いの足下に探るような視線を向け合った。

綾川さんは、それに構わず話を続けた。

「はい。この別荘では、土足の人と、スリッパ履きの人が両方いますよね。最初に来た時、土足でもいいけど、スリッパを使いたい人は使って下さい、と大室さんがおっしゃったんでしたね。土足の人は、自分の部屋まで靴を履いていきますけど、スリッパの人の靴は玄関に置いてありました。

問題になるのは、矢野口さんが、土足で過ごしているはずの人の靴を履いていた時です」

「矢野口さんは、玄関に置いてないはずの靴を履いてたってこと?」

沢村さんが問う。

「はい。想像するなら、こういう場合です。

犯人と被害者は、深夜、作業小屋の前で密談をする約束をしています。時間に合わせて、犯人は玄関を出ようとします。でも、きっとこの時、少し前ににわか雨が降ったことを忘れていたんでしょうね。うっかり、自分の靴で玄関を出てしまいます。

地面がぬかるんでいるのに気づいて、すぐに引き返します。これから殺人をする予定ですから、自分の靴の足跡を残していく訳にはいかないですよね。

そのままだと室内が汚れちゃうので、泥のついた靴は、一旦玄関に置いたんだと思います。そして、別荘の奥の物置部屋に、長靴を取りに行ったんでしょう。

犯人の靴は、一時的に誰にでも履ける状態になりました。

その間に、矢野口さんがそれを履いて、作業小屋に行ってしまったとしたら、どうなるでしょうか? 時間を決めて約束をしてるんですから、そのタイミングで矢野口さんがやってくるのは、十分あり得ることですよね。

その靴は、犯人が部屋に持ち込んでいるはずのものです。矢野口さんが間違える訳はありません。なのに、それを死体が履いている、となったら、当然靴の持ち主に疑いが向きます。今言った他に、説明がつきませんから。

長靴を持って玄関に戻ってきた犯人は、それに気づいて困ります。そして、自分は長靴を履き、さらには残された矢野口さんの靴を持って、作業小屋の前に向かったんでしょう。

犯人は、殺人を済ませると、死体の靴を履き替えさせ、足跡を均しながら別荘まで戻ってきた、という訳です。

どうでしょう？　被害者の足跡が消されていた理由は、これ以外には考えられないと私は思っています」

ううん、という嘆息があちこちから聞こえた。

みんな、綾川さんの言葉を肯定しつつも、その結論がはっきりするまでは、うかつに口を挟むことを避けているような様子だった。

「――今言ったことは、推論が多く含まれているように聞こえるかもしれませんけど、もう一つ、裏付けになる事実があります。

昨日の、矢野口さんの死体が見つかった朝、玄関にみんなが集まった時、ポーチの縁石に、靴の泥を落としたような跡があったんです。覚えている人はいますか？」

すぐには、答えがなかった。

しかし、わたしは覚えていた。みんなで足跡を消し終わって、ポーチまでやってきた時、縁石に泥を擦《なす》り付《つ》けた跡があって、おや、と思ったのだ。

わたしは少しためらった。しかし、やっぱり綾川さんに協力しない訳にはいかないと思い定めて、言った。

「はい。泥の跡、あったと思います。靴の裏を擦り付けたみたいなのが」

綾川さんは微笑む。

続いて沢村さんも、その有様を思い出した。

「——あったね。そうか、あれは、言われてみればおかしいな。全然気にしてなかったけど」

「そうなんです。私たちが朝、玄関で見つけた長靴は泥で汚れたままで、きれいにしようとした痕跡はありませんでした。

なのに泥の跡があるのは、犯人が、矢野口さんに履かれた自身の靴の泥を落としたからでしょう。部屋に持っていかないといけないですから。ちょっとしたことですけど、これも傍証と言っていいと思います。

最後に、もう一つ、前提にさせてもらいたいことがあります。

矢野口さんが別人の靴を履いていたのは、故意ではなく、過失だということです。矢野口さんが、地面がぬかるんでいるから自分の靴を汚したくなくて他人の靴を勝手に使った、ということはあり得ないと言っていいと思います。

靴を汚したくないのなら、自分も長靴を履けば良かった訳ですし、そもそも矢野口さんは靴の汚れに無頓着《むとんちゃく》でした」

島に来た初日、桟橋の近くでぬかるみに足を突っ込んだ矢野口さんは、まるでそれを気にかけた様子はなかった。

「それに、犯人と被害者は待ち合わせをしていたらしいですしね。他人の靴を勝手に履くにしても、待ち合わせをしている犯人の靴を選ぶはずはありません。その人が使うかもしれないんですからね。また、矢野口さんが、全然無関係な第三者の靴を履いていたなら、犯人には足跡を消す理由がありません。

ですから、矢野口さんは、間違えて犯人の靴を履いてしまった、ということになります。こんな異常な状況ですから、注意力が落ちていても不思議はないですよね」

この島における特殊な精神状態を考えれば、温泉とか、病院だとかでよく起こる靴の取り違えを矢野口さんがやってしまったとしてもおかしくはない。それは、否定出来ない。

「では、被害者は間違えて犯人の靴を履いていた、という推定をもとにして、犯人の絞り込みをしたいと思うんですが、大丈夫ですか？」

綾川さんは覚悟を促す。

無言のみんなは、微かな仕草で同意を示した。

「矢野口さんが靴を間違える可能性のない人物を、除外していきましょう。残った人が、一連の事件の犯人ということになります。

まず、野村さんと、里英ちゃんと、私はまとめて無実ということにさせて下さい。矢野口さんが、どれだけ事件のことに気を取られていたとしても、女性物の靴を履いているのに気づかなかった、というのは無理があります」

これには、もちろん誰にも文句はなかった。

「それから、草下さんは、地下足袋を履いています。矢野口さんはスニーカーでしたから、それと間違えた、ということはさすがに考えられません」

「お？　うん。そりゃそうだ」

草下さんは地下足袋のゴム底をパタパタと床に打ち付けた。

「沢村さんは、見ての通り大柄《おおがら》で、靴のサイズが矢野口さんとは大きく異なるでしょうから、矢野口さんが間違えて履いたらすぐに気づいたでしょう。沢村さんも犯人ではありません」

「——うん。そうだね」

沢村さんは、低くかすれた声で答える。

みんなの視線は、自然に残った一人に向かう。

「そして、大室さんです。大室さんはスリッパ履きで、靴はずっと玄関に置いていました。なので、もし矢野口さんに靴を間違えられたとしても、わざわざ足跡を消す必要はありません。被害者が大室さんの靴を履いていても、疑いが向くことはありませんから。

まあ、それだけなら、自分の靴を取り返したかったから、本人の靴と履き替えさせたんじゃないか、っていう反論も出来るんですけど、そもそも、大室さんのスニーカーは白ですからね。

いくら常夜灯が薄暗かったにしても、大室さんの白のスニーカーと、矢野口さんの黒のスニーカーを間違えるのは、流石に非現実的です。よって、大室さんも犯人ではありません」

「えっ——」

草下さんが、間の抜けた驚声を上げる。

綾川さんは、それを無視した。

「となると、残ったのは一人しかいません。この島で起こった、あまりにも異常な事件の犯人は、藤原さんです」

二

唖然とした沈黙が、食堂を満たした。

綾川さんが名指しするのは食堂にいる誰かだとわたしは思い込んでいたし、他のみんなも、きっとそれは同様だった。「犯人は、名指ししても起爆装置を作動させることはない」と綾川さんが宣言した時に、彼女がまさか父を指名するのかと怯えていた。

よくよく考えてみれば、綾川さんが足跡にまつわる論理を持ち出した時点で、誰が犯人として指摘されるのかは、思い当たっても良いはずだった。それに該当するのは、確かに藤原さんしかいない。

そして、その名が明かされた瞬間、事件の全容が眼前に見え隠れした。わたしは驚嘆していた。あの足跡一つを使って、こんな論理を組み立てることが出来るのか。

しかし、まだ、綾川さんの説明を待たねば、分からないことがある。

「ちょっと、いろいろ説明してもらわないといけない気がするんですが。あの、藤原さんが犯人だったというのは――」

父が、恐る恐るというように、訊く。

「はい。ですが、その前に、この結論に間違いがないことを確認させて下さい。

藤原さんは、別荘内でも土足で過ごしていましたね。つまり、靴を間違えられた時、疑いをかけられる人物です。

そして、藤原さんの靴は、矢野口さんのとよく似ていました」

そうだった。どちらも黒のスニーカーで、矢野口さんのものの方が高価だったらしい、というくらいの違いだ。

「では、これから事件全体の経緯をお話しします。ただ、何しろ当の犯人がここにいませんから、かなりの部分を想像で補わないといけなくはなりますね。

まず、この場の全員に共有しなければならないことがあります。それは、小山内さん、矢野口さん、藤原さんの三人が、爆弾に関係があったらしい、ということです。

実は、矢野口さんのスマホの中に、その証拠と言えそうなやりとりが残っていたんですけど、それは犯人が持っていってしまったので、確認することが出来ません。

ですが、私と大室さん、それから里英ちゃんが、やりとりの内容を証言することが出来ます」

綾川さんは、わたしと父に目配せをした。

他の三人は、何のことかと訝っている。

説明をしたのは父だった。綾川さんがわたしと父を信用することにしたこと、そして、被害者たちの情報を調べるために、彼女がこっそりナップザックからスマホを持ち出したことを聞かされた時、彼らは呆れた。

「そんな危ないことしてたの？　犯人にバレたら大変だったじゃない」

沢村さんに言われ、綾川さんははにかんだ。

「はい。すみませんでした。ただ、それを見たから、矢野口さんと小山内さんが、島にやってくる数日前にやりとりをしていたことが分かったんです」

やりとりは、こんなものだった。

——量的に、事前に行動を起こすのは諦めるしかなさそう。天気も厳しい。当日をどうにかやり過ごせれば、何とかなると思う。最悪の場合でも、逃げられさえすれば、その後はこっちで何とかする。任せてもらっていい。

——何とかするとは？　どうする？

——場所は確保してある。その時は案内出来る。

綾川さんは、文面をカレンダーの裏紙に書き起こし、内容に間違いないことをわたしと父に確認させた。

「どうでしょう？　これって、爆弾に関する相談をしているようにしか読めなくないですか？『量的に、事前に行動を起こすのは諦めるしかなさそう』の、『量的』っていうのは、爆弾の話をしているのだと思います」

沢村さんは、裏紙を取り上げじっくり読んだ。

「じゃあ、これは、島に隠した爆弾を事前に回収することが出来ないからどうしようか、という相談をしていたということかな？」

「そうだと思います」

一緒に島にやってきた三人の男たちが、実は爆弾製造に関わっていたらしい。

この話を、沢村さんたちは素直に受け入れた。すでに、それより遥《はる》かに異常な出来事を体験した後だった。この事件を理解しようとした時、この事実が必要なピースであるのを、誰もが直感していた。

「まず、どうしてこの島に爆弾が溜め込まれることになったのか、それを考えないといけないんですけど、沢村さんたちにも話を聞いた方が良さそうですね。

爆弾が、どのような目的で製造され、保管されていたのかは分かりません。一番シンプルな解釈は、藤原さんたち三人が実はテロリストであった、というのですけど、それが当たっているかどうか、私たちには判断が出来ません。

まあ、今、私たちがそれを知る必要はないんですけど。後で、警察が三人の自宅を調べたりすれば分かるだろうと思います。

この島は、大室さんのお兄さんが所有していた島で、五年くらい前からは、誰も来ることがなかったそうですね。

爆弾を造ったり、保管しておくのにちょうどいい場所なのは間違いないですよね。個人所有の無人島なら、近隣の人に通報されたりとかのリスクもないですし。

大室さんのお兄さんが、爆弾に関知していたのかどうか、事情をご存じの方はいますか？」

沢村さんや、草下さんは生前の伯父と付き合いがあったという。

「いや――、どうです？」

「分かんないよ。そんなこと、想像だにしなかったけどね」

やはり彼らも父と同じく、伯父が、島が爆薬庫になっていることを承知していたかどうかは分からないと答えた。

「そうですか。まあ、これも、脩造さんのご遺品を調べたらはっきりするかもしれませんね。ともかく、小山内さん、矢野口さん、藤原さんの三人は、脩造さんと懇意だったそうです。爆弾の製造や保管に使える場所を探して、脩造さんに接近した、ということも考えられます」

小山内さん、藤原さんが不動産屋をやっていたのも、もしかしたら爆弾製造の適地を探す目的を兼ねていたのかもしれない。

「きっと、脩造さんが生きている間は、爆弾犯たちは、島には誰も来ないと安心していられたのでしょう。

ですが、つい三週間ちょっと前に、思いがけないことが起こります。北海道に行っていた脩造さんが、交通事故で亡くなってしまったんですね。

そして、事故から日を待たずに、島に爆弾が保管されてるなんて夢にも思わない開発会社の担当者によって、リゾート化計画が持ち上がります。とんとん拍子に話は進み、遺族の大室さんたちに立ち会ってもらって、島の下見をしよう、ということが決まった訳ですね」

「ああ――、そうだね」

沢村さんは少し、バツが悪そうだった。

「爆弾犯の三人はきっと、油断していたんでしょう。脩造さんが亡くなったことを知るのが遅れたのではないかと思います。大室さんは、お葬式もしなかったんでしたよね？」

「ああ、はい。兄貴は、別に葬式をやってもらいたがるタイプでもなかったんで」

「だから、藤原さんたちは、ギリギリになるまで、島の視察旅行が計画されているのに気づかなかったんですね。

そのことを知った三人は慌てたでしょうね。島に人が入って、爆弾が発見されてしまったら、警察がやってきて、家宅捜索をすることになりますもんね。きっと、犯人を示す何かが見つかって、逮捕されることになっていたでしょう。

本当は、彼らは、視察旅行の前に、爆弾やその他の証拠品を全て回収してしまいたかったんでしょうけど、ちょっと量が多すぎますよね。船を用意して、すぐに持っていけるものでもないでしょう。

さらに、天気の問題もありました。私たちがやってくる少し前には、爆弾低気圧の影響で、嵐が来てましたよね。視察旅行の前に島にやってくるのは、なおさら難しかったことになります」

「それが、この、矢野口さんと小山内さんの連絡の意味ってことか。なるほど」

やはりあれは、証拠隠滅の方法について相談するやりとりだったのだ。

綾川さんの解説は続く。

「では、爆弾を持ち出すことは出来ないとしたら、爆弾犯たちはどうしたら良かったんでしょう？

彼らは、視察旅行に同行することにしました。

藤原さんたちと矢野口さんが、旅行に同行させて欲しいって言ってきたのは、確か島に来る数日前なんでしたよね？」

「ええと、はい。三日前とかでしたよね？」

父は沢村さんの方を窺う。彼は同意を示す。

「三人は、次善策として、私たちと一緒に島に来て、爆弾が発見されるのを防ごうとしたんだと思います。

その上で、重要なポイントになったのが、鍵ですね。作業小屋とバンガローの鍵の所在です。大室さん、確かお兄さんは、島に来る時には別荘の鍵だけを持ってくる習慣だったんですよね。それ以外の鍵は、別荘の中に置いておくようにして」

「ああ、そうです。少なくとも五年前までは」

昨日、父の部屋で話したことだ。それを綾川さんはもう一度全員の前で確認した。

「脩造さんが島に来なくなってからも、鍵は同じように保管されていたんじゃないかと思います。だから、爆弾犯たちは、こんな風に考えたんでしょう。視察旅行に同行して、別荘に入った時に、先回りして作業小屋とバンガローの鍵を回収してしまえばいいって。

鍵が開けられなければ、そこにしまわれた爆弾は調べられずに済みます。開発視察団としては、重要なのは島の現況とメインの建物である別荘ですから、開けられないなら、それ以外の場所は、外見だけ確認しておいて、詳しいことは次回にでも、ということになっていたでしょうね。雨戸が閉まっていますから、窓から中を覗かれることもありません。

別荘には、新しいガソリンとか、食べ物が置いてあったり、寝室が散らかっていたりと、不審な痕跡はあるんですけど、でも、爆弾が見つかりさえしなければ、警察に通報しよう、とまではならないでしょう。脩造さんが誰かに貸してたのかな、と思われるだけで済みますから」

「そうか。小山内さんから電話が掛かってきた時、島に行くならぜひ一緒に行かせてくれって、やけに熱心だなと思ったんだけど、絶対に鍵を回収しなきゃいけなかったんだね」

視察旅行の幹事である沢村さんは、一週間ほど前、爆弾犯たちから連絡を受けたのだ。彼らにしてみれば、これは進退のかかった命がけの旅行だった。

「そうです。さらに、もう一人の爆弾犯の矢野口さんも、脩造さんの旧友として旅行に参加した訳ですけど、小山内さんたちと深い付き合いはない、というふりをすることにしたみたいですね。まあ確かに、よく知らない人同士が親密だったら、余計警戒されやすいかもしれないですね。

ともかく、脩造さんと付き合いがあったということで、三人は旅行のメンバーに加わることが認められました。

そして、私たちが島に着いて、別荘の鍵を開けた後のことを思い出してもらいたいんです。

まず、大室さんが私たちを応接室に案内しましたよね。それから、大室さんは里英ちゃんと一緒に洗濯室の発電機にガソリンを入れに行きました。

その時に、藤原さんたちが、自分たちが雨戸を開けておきましょうって提案してきたのを覚えてますか？

あれ、私、ちょっと違和感があったんですよね。差し出がましいっていうか、そこまでするかなって思って。でも、不動産屋さんだから、お客さんを案内した時の感覚で言ってるのかなってことで、あの場では深く考えずに流してたんですけど——」

「雨戸を開けるのを口実にして、兄貴の部屋から、作業小屋とバンガローの鍵を持ち出したってことですか」

「そうです。まあ、脩造さんの部屋に鍵が置かれていたのは五年前の話だそうですから、三日前にどこにあったかは分からないんですけど、とにかく、別荘内のどこかのそれを回収したんでしょうね。

爆弾犯たちとしては、これで、鍵が見つからないから作業小屋とバンガローの内見は後日にしようってことになってくれれば良かったんですね。

しかし、うまくことは運びませんでした」

「僕が、兄貴の金庫から、わざわざ予備の鍵を持ってきちゃってた訳ですか」

「そういうことです」

父は、それが本当に島の建物の鍵なのかどうか確信もないまま、念のため、というつもりで持ってきたのである。爆弾犯にとっても、他のものにとっても、全くもって余計なことをしてしまったことになる。

「爆弾犯たちは、大室さんが鞄から鍵を取り出した時、持ってんのかよ、って思ったでしょうね。でも、作業小屋を開けるのを止めさせる方法もありませんでした。

そうして、爆弾は見つかってしまいました。警察が作業小屋やバンガローを調べたら、彼らが関与している証拠が見つかってしまうでしょう。

ですけど、三人にとっては幸いなことに、私たちは、すぐには通報しませんでした」

「はい——、そうですね」

父は恥じ入った。

もしかしたら、伯父が爆弾に関わっていたのではないか。そんな心配をしたせいで、警察に知らせるのを先延ばしにしてしまったのである。

「そういえば、俺らが通報するかどうか悩んでた時、あの三人は、乗り気じゃなさそうだったな。別に明日でもいいんじゃ、とか言ってなかった?」

草下さんの言う通りである。彼らは、通報を遅らせるよう精一杯父を誘導していたのだ。

「結果、犯人たちには一晩の猶予が生まれました。それが、この事件を引き起こすきっかけになった訳です」

三

ここまで綾川さんが語った爆弾犯たちの事情には、推測が多く含まれている。しかし、きっと真実に違いないとわたしは信じることが出来た。他に、彼らの行動を説明する術はない。

問題は、ここから先である。

綾川さんは、喉元《のどもと》をさすって、声の調子を整えた。

「私たちは、爆弾だらけの島で一夜を明かすことになりました。夜の間、爆弾犯たちが一体何をしようとしたのか、明確な証拠は残っていません。

でも、想像するのは簡単ですよね。もちろん、逃げようとしたはずです。時間の問題で、警察がやってくる訳ですから。

矢野口さんのスマホに残っていたやりとりにも、それらしいことが書かれていましたね。『逃げられさえすれば、あとはこっちで何とかする』って」

「じゃあ、あれは、指名手配されたりした時の、隠れ場所の話かな」

「そうですね。小山内さんが『場所は確保してある』とか言ってますからね。もし、爆弾の発見を防ぐことが出来なかったら、逃げてどこかへ潜伏しよう、というのが、事前の計画だったんだと思います。

しかし、その割には、朝になってみると、クロスボウで射られた小山内さんが崖の下に転がっていて、矢野口さんと藤原さんも逃げずに島に留まってましたよね。そして、私たちは『十戒』に従うことを強制されました。

二日前の朝にはこの状況は全く意味が分からなかったんですけど、その後に起こった事件と、藤原さんが爆弾犯でかつ殺人犯だったという事実を並べてみると、筋の通った解釈を見つけることが出来ます。

こういうことです。おそらく、小山内さんの死は事故だったんでしょう」

「は？」

何を言い出すのだろう？　思わず声を上げてしまった。

綾川さんは、それきりわたしが絶句しているのを確かめてから、先を続けた。

「この島の周囲は崖ばっかりで、非常に危険です。貸し別荘を営業するなら手摺りを付けないとまずいだろう、という話をしてましたよね。実は私も、昨日うっかり崖から落っこちかかって、里英ちゃんに助けてもらったくらいです。

三日前の夜、私たちが寝静まるのを待って、島を逃げようとした三人は、作業小屋からゴムボートを持ち出して、桟橋に向かったでしょう。

その時は、島の外周の道を通らないといけないですよね。北側は、雑草が茂って通れなくなってましたから。月明かりだけで暗いですし、なるべく目立たないように、と考えると、スマホの明かりを点《つ》けるのも避けたんじゃないかと思います。

だとすると、小山内さんが、うっかり足を踏み外して、崖の下に落ちてしまうってことも、十分考えられますよね」

「――なるほど」

沢村さんが呟く。

みんなは静かに、綾川さんが語ったことの蓋然性《がいぜんせい》を吟味する。

「そうだとしたら、その後の藤原さんたちの行動に説明がつきます。

三人は、もう手配されることは避けられないと考えて、その前にどこかへ隠れようとしていた訳ですけど、スマホに残ったやりとりを見る限り、隠れ場所は、小山内さんが手配していたらしいですよね。

だから、小山内さんが死んでしまって、藤原さんと矢野口さんは途方に暮れたはずです。逃げたところで、どこへ行けばいいのか分からなくなってしまいましたから。

そして藤原さんは、この窮地から脱する方法を考え出します。それは、矢野口さんを犠牲にして、自分一人だけが助かる方法でした」

次第に、綾川さんの話の道筋が見えてきた。

「――藤原さんは、矢野口さんに、指示書きを使って私たちを脅し、島に閉じ込めることを提案します。

どうすればいいか分からない状況ですから、とりあえず時間を稼ぐため、ということですね。矢野口さんも納得したでしょう。藤原さんの提案ではなく、二人で相談した上で思いついたことかもしれませんね。

そして、崖の上から、小山内さんの死体をクロスボウで射ることにします。

私たちを足止めするには、殺人事件が必要です。殺人犯なら、バレた時何をするか分からないと思われる分、脅しが利きますからね。だから、死体をあえて他殺に見える状態にしたんですね。ちなみに私、さっきから小山内さんの死を事故扱いしてますけど、それが一番自然だろうと思ってるだけで、証拠はないです。揉めごとが起こって、藤原さんか矢野口さんのどっちかが殺してしまったっていう可能性もあります。そんな大事な時に、喧嘩なんかしない気もするんですけど。とにかく、はっきり殺人だって分かるようにはしておきたかったんでしょう。

二人は、脩造さんの部屋からこっそり持ち出してきたクロスボウで死体を狙撃《そげき》します。そして、玄関ポーチに『十戒』を残して、朝が来て、誰かがそれを見つけるのを待っていた訳です。

矢野口さんは、そうやって私たちの行動を制限しておいて、その間にどこに逃げるか考えよう、というつもりでいたんでしょう。

でも、藤原さんは全く違うことを考えていました。矢野口さんを殺害し、さらには自分も殺されたように見せかけてしまおう、という計画を立てていたんですね」

四

綾川さんの話が進むにつれ、わたしの中でも、犯行の全貌はいよいよ明らかになりつつあった。

解説は、矢野口さんの殺人に及んだ。

「閉じ込められて二日目の朝、作業小屋の前で、矢野口さんの死体が見つかります。犯人が藤原さんであるということを踏まえて、もう一度この事件を考えてみましょう。

さっき、犯人と矢野口さんは深夜に作業小屋の前で密談をする約束をしていた可能性が高いって言いましたけど、犯人が藤原さんなら、それも当たり前ですよね。これからどうやって逃げるか、誰にも聞かれない場所で相談しよう、って呼び出したんでしょう。

藤原さんは、矢野口さんを裏切り、殺します。この前後に、地面に残された足跡の事情については、さっきお話しした通りです。

そして、足跡のことに比べたら些細《ささい》でしたけど、この殺人には、もう一つ謎がありました。私たちが、死体の梱包をさせられた時のことです。海に捨てる時の手間を少なくするためと考えれば、犯人が作業を委託したこと自体には、一応筋が通ります。

ですけど、草下さんと沢村さんが作業をしていた時、妙なことがあったのを覚えてませんか？」

「あ、もしかして——、あれか？　俺が、絶対解けないようにと思って厳重に縛ったら、犯人にそれじゃいかんって言われたことだ。違う？」

「はい。そうです」

そんなことがあった。ブルーシートで死体を包んだ後、草下さんが、建築仕事の時に使う特殊なやり方で縛ったところ、『こっくりさん』で犯人に駄目出しをされたのである。

「海に捨てるためなんだったら、縛り方なんて、厳重なのに越したことはないはずですよね。なのに、犯人はそれが気に入らなかったんです。

その理由を考えるのには、第三の事件に話を進める必要があります。今朝の出来事ですね。

作業小屋の地下室で、藤原さんが殺されているらしいのが見つかりました。指示書きによると、藤原さんは、夜中に地下室から作業小屋に入り込んで、起爆装置を解除しようとしていたから殺された、ということでしたね。

死体は解体途中のようでした。地下室から運び出すのに、バラバラにする必要があるらしく、犯人を示す証拠が残っているから死体に近づいてはいけない、と私たちは命令されました。

ですけど、この内容を文面通りに受け取ってはいけないことは、もう十分明らかになったと思います」

「そうか。あの藤原君は、死んでなかったのか」

「はい。私たちが地下室を覗いた時にまず見えたのは、切断された足でした。藤原さんは、地下室の奥の方に寝かされていましたけど、物陰のせいで、見えたのは上半身だけでしたね。

この配置は、藤原さんが慎重に計算したものでしょう。自分が殺され、解体されているものと思わせるために」

「じゃ、あの、脚立の近くに置いてあった足は、もちろん――」

「そうです。あれは、矢野口さんの足です。一日前に殺した死体を、自分の死体のフェイクとして再利用したんですね。

すると、さっき挙げた謎も解決します。犯人が私たちに矢野口さんの死体をブルーシートで梱包させ、作業小屋のそばに置かせたのは、矢野口さんが確かに死んでいることを印象づけ、かつ、翌日の朝、その中身がすり替わっていることに気づかせないようにするためでした。

草下さんの縛り方に、犯人が文句をつけた理由も明白です。犯人は、夜のうちにブルーシートの梱包を解いて死体を取り出し、代わりに詰め物をして、元通り作業小屋の側に置いておかないといけないんです。

だから、あんまり複雑な縛り方はして欲しくなかったんですね。それだと、再現するのが大変ですから」

「なるほどなあ」

草下さんは、納得のため息を漏らした。

「これは、私たちが常に脅しをかけられているからこそ、可能になった計画ですね。そうでなければ、本当に藤原さんが死んでいるか、とか、ブルーシートの中身とかを確かめられて、一瞬で発覚してしまいますから。

それに、この計画には、私たち六人のうち誰かが死体の処理をした、と結論づけられるまでが含まれています。藤原さんは、爆弾を使って作り出した異常な状況を最大限に活《い》かした訳ですね。

指示書きには、別荘内にこもってドアを開閉したりシャワーを浴びたり、といった、私たちがとるべき行動が指定されていました。それは、誰が死体の処理をしたのか分からないようにするためのものと思われました。

私たちには、従う以外選択肢はありませんでした。指定されていた時間に、別荘にこもって、命じられた通りの行動をとったんでしたね。

指定の時間の、午前九時半が来たら、藤原さんは死んだふりをやめ、地下室から出て、別荘に入ります。そして、全員の部屋の前に貝殻を積んで回ったり、戯《たわむ》れにノックをしてみたりします。スマホのレコーダーも、一応本当にセットしたかもしれないですね。

それから、死体の処理です。自分は生きてますから、矢野口さんのだけです。

あ、もう一つ、重要なことがありました。矢野口さんは、時計だとか、高価なものを身につけていましたよね？　これは、藤原さんが殺人をすることにした大きな理由だと思います。藤原さんは、死んだように見せかけてどこかに隠れようとしている訳ですから、資金が必要です。矢野口さんの成金《なりきん》趣味のおかげで、当面の逃走資金が手に入ったんですね。

貴重品を回収したら、死体を地下室から運び出し、ボートを使って、証拠品と一緒に海上のどこかに捨ててきます。

ガソリンで崖の下の小山内さんの死体を燃やす作業もありますね。段取り的には、死体を捨てに行く前にやっておいて、ボートで島に戻ってきてから、きちんと燃えたかを確認するのが良さそうです。

燃やしたのは、後日警察が捜査をした時に、死因がはっきり分からないようにしておく必要があったからです。実際には事故で死んだのだとしても、クロスボウで殺されたのだと思ってもらわないといけないですから。

全部済んだら、別荘の呼び鈴を連打し、私たち六人に、シャワーを浴びさせます。

これによって、三つの殺人事件の犯人は私たちの中にいる、という状況が完成しました。あとは、こっそりボートで島を去るだけです。もともと、作業小屋には複数のゴムボートが置かれていたんでしたよね？」

「ああ、うん、そうです」

父が答える。

「正確に幾つだったのか、五年も使われていなかったからはっきりはしていません。なので、一つ紛失しても、それを追及される心配はありません。爆弾があったせいで、私たちは作業小屋の備品のチェックはしませんでしたから」

伯父は、畳んだゴムボートを三つくらい作業小屋にしまっていたはずなのだけれど、それは昔の話である。実際には二つだったかもしれないし、四つだったかもしれないのだ。

「藤原さんは殺されたものとして扱われ、爆弾犯として追われることはなくなり、三人を殺した犯人は、私たちの中にいるものと考えられます。犯行は完了です。どうでしょう？　もし、納得してもらえたなら、これからどうするのか、それを話し合うことにしたいんですが――」

五

綾川さんは、言うべきことをみんな言い尽くした。

これで、犯行の意図は、ほとんど全て明確になった。犯人に直接訊いてみなければ分からないようなことも残ってはいるけれど――

みんなも、わたしも、綾川さんの話に文句をつけることは出来なかった。

そんなことをする意味もない。なにしろ、まだ、助かってはいないのだ。

「これからどうするのか、っていうのは、助けを呼ぶかどうか、って話だよね？」

沢村さんの問いの意味は、全員が理解していた。

「はい。私が今言った通りのことが起こっていたとして、起爆装置のスマホは、いまだに藤原さんが持っていることになります。

この計画は、藤原さんは死んだものと思わせておいて、私たちの内の誰かが犯人だ、と結論されることを狙ったものですから、島の爆破は予定には入っていないはずです。でも、藤原さんが気まぐれを起こして起爆装置を作動させる可能性は、ゼロではありません。証拠を残さなかったか不安になって、やっぱり島は爆破しておこう、と思うかもしれませんから。事実、私は事件の真相に気づいてしまっています。だとすると、私たちは一刻も早く助けの船を呼んで、島を離れるべきなのかもしれないんですけど、今度は、犯人は今どこにいるのか、っていう問題があります。

藤原さんが、どのタイミングで島を脱出したかは分かりません。午後一時に呼び鈴を鳴らして、私たちが順番にシャワーを浴びている間だったかもしれません。ボートを手漕ぎして、音が島に届かないくらいまで離れてから、エンジンをかけて陸に向かったってことですね。

でも、藤原さんの立場からすると、出来ることなら、暗くなってから島を脱出したいと考えた可能性もあります。

それなら、私たちが寝静まるのを待っているかもしれません。夜が更けてから、こっそり島を出ていこうとしているのかもしれません」

「もしそうなら、まだ、藤原さんはこの島にいるってことですか？　作業小屋かどこかに隠れて――」

野村さんは、気味悪そうに、作業小屋の方角に首を向けた。

「はい。その可能性はあります」

「いやでも、それなら、夜の間も雨戸を閉め切って、外に出るなと指示書きに書いとくんじゃない？　ボートに乗るところをうっかり見られるリスクがあるからさ。そうしなかった訳だから、もう島を出てる可能性が高いんじゃないの？」

草下さんの指摘に、綾川さんは頷く。

「私もそう思います。でも、確証はありません。シャワーのタイミングで島を出るつもりだったけど気が変わった、ということもあるかもしれません。どうするべきか、私一人では判断が出来ませんでした。

全員の命が懸かっていることです。全員で決めるしかないですよね。犯人はもう島を出ているものと判断して、すぐに迎えの船を呼ぶか、それとも、まだ島に残っている可能性を考えて、夜が明けるまで待つか――」

「どちらにしても、まだ、俺らは死ぬ可能性があるのね。そうか」

草下さんは、作業着のポケットに両手を突っ込んで、地下足袋のかかとで床を踏み鳴らした。仕事現場で、始業時に自分に気合いを入れるような仕草だった。

わたしたちは悲愴な顔で互いを見つめ合った。

綾川さんによって事件に明確な筋道が通された今、みんなは驚くほど冷静になっていた。

時刻は午後九時半。夜明けまで、あと八時間あまりである。

綾川さんに突きつけられた選択を前に、みんなは悩んだ。

わたしは話し合いに口を出さなかった。やがて、朝まで島に留まることが決められた。

もし、本当に島に藤原さんが隠れているのなら、迎えの船がやってきた、その瞬間に爆弾が作動するかもしれない。犠牲者を増やす可能性のある選択は出来ない。——それが、みんなの決断だった。

×　×　×

わたしたち六人は電気を消すと、食堂でひたすら静かに夜が明けるのを待った。

「もし藤原が島に留まっているのなら、寝静まったふりをして、出ていくのを待たないといけないんだよね？　でもさ、爆弾が作動する可能性もあるんだよね。最期かもしれない時に、バラバラに過ごすこともないでしょ。みんな一緒にいよう」

草下さんはそう言った。誰も反対しなかった。

薄暗い常夜灯だけが点いていた。父は、わたしの隣、肩が触れるほど近くに椅子を置いて座り、身動《みじろ》ぎもしなかった。普段だったら、そんなことをされたら無言で離席してしまうところだが、この時ばかりは拒《こば》む気にもなれなかった。

応接室のスマホを取り出し、迎えを呼ぶのは、空が明るむまで待つことになった。キャビネットは重く、動かす時に音が出る。万が一それを窓の外にやってきた藤原さんに聞きつけられたら怪しまれるから、というのが理由である。

船がやってきたのは、水平線のオレンジ色が白に変わるくらいまで日が昇ったころだった。

来た時に頼んだ釣り船である。船長は、早朝に沢村さんから掛かってきた、大至急迎えに来て欲しいというお願いを不審がりながらも、急いで船を飛ばしてきてくれた。

彼は、来た時よりも客が少なくなっていることに首を捻ったが、わたしたちは構わず船に乗り込んだ。

「すみません。出来る限り、急いで島から離れてもらってもいいですか？　理由は後で説明しますから」

「ああ？　うん。そりゃ別に、もたもたすることぁないよ」

沢村さんに急かされても船長は調子を変えず、しかし、余計な時間はかけずに、船は桟橋を離れた。

まだ安心は出来ない。爆弾の威力がどれほどかは分からない。

船室に入ると、野村さんは真っ先に妹さんに電話を掛けた。

「もしもし？　ごめんね？　朝早くに。なるべく早く、事情を説明しないといけないと思って。私仕事で島に行くって言ったよね？　信じられないかもしれないけど、私と草下さんと、あと一緒に来た人たちみんな、爆弾で殺されるかもしれなかったんだ――」

野村さんが、寝起きの相手に納得してもらうのは相当難しそうな事情を話しているのを聞いていると、船の速力が上がった。

彼女が電話をする他は誰も口を利かず、硬い椅子に縮こまって、船が十分に島から離れるまでのあとほんの少しの時間、何事も起こらないことだけを願っていた。

順調に船は進む。

そろそろ大丈夫だろうか？　ここまで来れば、爆発が及ぶ心配はしなくてもいいだろうか？　そう思い始めた頃だった。

「里英ちゃん、ちょっと甲板に行かない？」

そう、わたしは犯人に声をかけられた。

「はい。そうですね」

わたしたち二人は、船室のドアを開け、船尾の方へと向かった。


甲板に出ると、朝焼けの名残《なご》りも消えて、海は眩しく煌めいていた。

今日も天気は良い。風はまだ、冷え切っている。航跡の向こうを見ると、島影は思っていたよりもずっと小さくなっていた。

心を締め付けていたものが、解けてゆく気がした。

犯人は手摺りに凭れた。

「里英ちゃん、お疲れ様。大変だったよね」

「――綾川さんほどじゃないですけど」

「うん。まあね」

犯人は笑った。

「里英ちゃんには、いろいろ説明してあげないといけないなって思ってて。多分、大体分かってくれてると思うけど。それに私、どうすれば良かったのかな、って思うんだよね。里英ちゃんにも訊いてみたいな」

どうすれば良かったのか。そう犯人は言う。

それは、わたしが訊きたい。わたしはどうすれば良かったのか。

三日前の朝、殺人事件が発覚した時。島にいるものは戒律を課された。

こんな内容の戒律だった。絶対に殺人犯を見つけてはならない。見つけてしまったら、島は爆破される。

だったら、崖の下の小山内さんの死体を見た瞬間に犯人が分かったわたしは、一体どうすれば良かったのか？

綾川さんは島を背にして、わたしへ向きなおった。

「里英ちゃんは、眠れなかったんだもんね。あの日の夜は」

「はい」

島に着いた日の夜。綾川さんと同じ寝室に休んでいたわたしは、横になってはいたものの、寝付けずに、窓の外を眺めていた。

だから、夜が更けてから、綾川さんがこっそり寝室を出ていくのにも気づいていたし、その後、彼女がクロスボウを持って作業小屋の方へ歩いていく姿も、窓からしっかり見た。

その時は、まさか彼女が小山内さんを殺そうとしているなどとは思いもよらなかった。

綾川さんが部屋に戻ってきたのは、朝が来て、ほんの少しウトウトしていた時だった。わたしはうっかり、昨晩は何をしていたんですか、と無邪気に訊くところだった。

しかし、何も話す時間はなかった。すぐに草下さんに呼ばれ、崖下の死体を見せられ、『十戒』の内容を聞かされた。

彼女と同じ部屋で過ごしたわたしだけはずっと、綾川さんが小山内さんを殺したと分かっていた。矢野口さんも、藤原さんも、もちろん彼女が殺した。この事件が同一犯によることは、綾川さんが自分で証明した。

三日前から、わたしだけは、犯人の正体を知っていた。そのことを、わたしは誰にも知られる訳にはいかなかったのだ。

「私さ、あの晩、まさか自分が殺人をしなきゃいけなくなるなんて思ってなかったから、本当に困っちゃったんだよね。

里英ちゃんが寝てたのか起きてたのか、私には分からなかったし。もし寝てて、私が出ていったのに気づかなかったんならそれでいいんだけど、起きてて、何をしてたか分かってるんなら、なんとかしなきゃいけないし。

だから、応接室で、お父さんと三人で話し合いをした時に、里英ちゃんが、私にアリバイがあるって言ってくれて安心したな。とりあえず、かばってくれる気はあるんだなって」

「だって――、そうするしかないじゃないですか。犯人を明らかにしたら、みんな爆弾で殺すっていうんだから――」

思わず落涙した。綾川さんはわたしを抱き寄せ、恐ろしく優しい手つきで肩をさすった。

わたしは起きていたのではないか？　犯人の正体に気づいているのではないか？　綾川さんに、そう疑われるのは分かっていた。

だから、父を相手に、彼女のアリバイを偽証してみせたのだ。犯人の正体を暴く意思がないことを、わたしはすぐにも綾川さんに示さなければならなかった。

「私も、すごく迷ったんだよね。事情をどこまで話していいか分からなかった。里英ちゃんが、私が犯人だってことを全部分かった上でかばってくれてるのか、確信はなかったし。

それにさ、事情を話すにしたって、あの小山内さんを殺した後で、『まだこれから二人殺す予定だけど、里英ちゃんは大人しく見ててね』っていう風には言えなかったんだよね。里英ちゃんがパニックを起こしちゃっても困るから。

だから、とりあえず何も言わずに様子を見てるしかなかったんだ。怖かったよね」

そうだ。綾川さんは、わたしが秘密を守るか否か、ずっと様子を見ていた。わたしがこのことを誰かに話すかどうか――

「今は、事情を教えてくれるんですか？」

「でも、里英ちゃん、大体分かってるんだよね？　どうして私が三人を殺さなきゃいけなかったか」

「三人が、爆弾を造ってたから――」

「うん。あ、でもね、それだけじゃないよ。やっぱ、ちゃんと教えてあげた方が良かったね。

爆弾犯の三人は、夜の間にボートで逃げようとしてたって言ったよね？　あれさ、本当のことなんだけど、でも、ただ逃げようとしてただけじゃなかったんだ。

里英ちゃんと一緒に寝てた夜さ、大室さんが上着を応接室に置き忘れてたでしょ？　私、それに作業小屋の鍵が入ってたのをベッドの上で急に思い出して。置きっぱなしなのがちょっと不安になったから、一応預かっといた方がいいかもって思ったんだ。で、一階に降りて、応接室に行こうとしたんだけど、玄関の近くを通ったら、矢野口さんの靴が置いてなかった。

おかしいよね？　こんな夜中に外に出てるんだもんね。こっそり何かやってるんだとしたら、あの爆弾が関係してるかもしれないと思った。

だから、すぐに作業小屋に様子を見に行ったんだ。念のため、クロスボウを持って。

そしたら、あの三人がいたんだ。ボートを出して、逃げる準備をしてた。それでね、話を聞いてたら、爆弾の起爆装置をセットする相談をしてたんだよね」

「え――」

にわかに、悪寒がこみ上げた。

「じゃあ、あの三人は、わたしたちを――？」

「うん。ボートで安全なところまで漕ぎ出して、私たちごと証拠を隠滅しようとしてたんだ」

わたしたちは、島もろとも爆殺されるところだったのか。

「私、雑草の陰に隠れて見てたんだけど、どうしたらいいか分かんなくなっちゃった。出ていって止めようとしても、相手は三人だし、別荘に戻って助けを呼ぶ時間があるかは分かんなかったし。

それにさ、向こうは爆弾がある訳だから、それを使って脅されたら、こっちは何にも出来なくなっちゃうんだよね。

せっかく気づかれてないんだから、不意打ちをして、起爆装置を奪うのが一番いいと思った。そしたら、藤原さんと矢野口さんが、桟橋にゴムボートを運んでいったんだ。起爆装置をセットするのは、小山内さんが一人でやることにしたみたいだった。

小山内さんから起爆装置と鍵を奪うチャンスが出来たんだ」

綾川さんは、わたしの肩に手を置いたまま、子供に絵本を読み聞かせるみたいな調子で続けた。

「小山内さんが、起爆装置のセットを済ませて、作業小屋に鍵を掛けていったから、私、音を立てないようにしながら追いかけた。崖の近くまで来た時に、ここなら殺すのにちょうどいいと思ったんだ。

クロスボウなんて使ったことないし、絶対外しちゃいけないから、すごい緊張した。気づかれないように、出来るかぎり近寄ってね。でも、ちゃんと当たって良かったな」

彼女は、小山内さんを殺した。

「――急いで、死体から起爆装置のスマホと作業小屋の鍵を回収したんだけど、でも、それからどうしたらいいか分かんなくて。

いろいろ考えたんだけど、小山内さんが死んでるのが矢野口さんと藤原さんに見つかったらまずいし、死体は崖の下に落としといた」

「もし綾川さんが小山内さんを殺してなかったら、爆弾犯以外、みんな死んでたってことですか？」

「うん。もしかしたらね」

「助けてくれたんですか」

「どうかな？　正直、私、いっつも、自分が助かることしか考えてないかも。でも、里英ちゃんが死ななくて良かったなって思ってる」

それは、わたしを殺さずに済んで良かった、という意味でもある。

「でさ、里英ちゃん、正当防衛、っていうのあるでしょ？　私、法律には詳しくないんだけど、あれってさ、自分が攻撃されてから反撃したんじゃないと認められないんだって。

私の場合って、どうなるのかな？　小山内さんをあのまま放っといたら、多分私たち、爆弾で殺されてたんだけど、それってまだ起こってないことだもんね。状況を見てない人には、三人を説得できたんじゃないかって思われるのかも。それに、あの三人に、私たちを殺す意思があったかどうかも証明出来るか分かんないし。やっぱ私、殺人犯ってことになっちゃうよね」

正当防衛は、おそらく成立しないだろう。

だから、綾川さんは、この面倒な仕事をやることを決めたのだ。

視察団を島に閉じ込め、爆弾犯全員を殺し、その罪を藤原さんに着せる。そんな綱渡りの殺人をする他、彼女に選択肢はなかった。

「――矢野口さんと藤原さんの二人は、桟橋でゴムボートに空気を入れて、逃げる準備をしてたんだ。でも、小山内さんが全然来ないから、探しに来てさ。

私、その間に急いでゴムボートを桟橋の近くのバンガローに隠して、鍵を掛けちゃった。

あの二人、めちゃくちゃ焦ってたと思う。急に小山内さんがいなくなって、かと思ったら、ボートまで無くなっちゃったから。何が起こってるのか、訳が分かんなかったはず。で、私は、二人が島中を探し回ってるのに見つからないようにしながら、いろいろ準備してた」

手始めに、綾川さんは、応接室に放置されていた予備の鍵を回収した。

そして、カレンダーと筆記具を伯父の部屋から持ち出し、『十戒』を認《したた》めたのだ。

「書くのはね、桟橋の反対側のバンガローに隠れてやったんだ。他の場所だと、二人に見つかりそうだったから。あの二人もさ、ものすごく困ってるんだけど、大騒ぎは出来ないからね。爆弾を造ってるのがバレそうで、逃げようとしてた訳だから」

矢野口さんと藤原さんは、明け方になって、何が起こっているのか全く分からないまま、自分の部屋に戻ったのだという。暗かったから、崖下の小山内さんの死体には気づかなかったらしい。

「で、私は明るくなってから、玄関ポーチの柱にカレンダーの裏紙をピンで留めて、里英ちゃんのとこに戻ってきたんだ。里英ちゃんに、私がいないことに気づかれたか、気になってたから。里英ちゃん、寝たふり上手だね。ずっと起きてたんだよね？　私が出ていく時も」

「はい」

「殺人をするって分かってたら、別の部屋にしてもらったんだけど、でも、何もかも急だったから仕方ないね。それにね、私、里英ちゃんと同じ部屋だったおかげで、そのあとの殺人は、ちょっとやりやすかったんだよね」

「――それは？」

綾川さんは、わたしの心を騒めかせることを止めない。

「私たち、一緒に散歩したりしてたでしょ？　みんなさ、私と里英ちゃんにはアリバイがあると思ってたんだよね、きっと。だから一緒にいるんだろうって。

矢野口さんも、藤原さんも、誰が犯人か分かってなかったんだけど、でも、私と里英ちゃんだけは違うんだろうと思い込んでたんだ。だから、犯人を見つける相談をしようとか、地下から作業小屋に侵入するのを手伝って欲しいとかって言って、夜中に二人を呼び出したり出来たんだ。そうじゃなきゃ、殺すタイミングを見つけるのは大変だったと思う」

まず、綾川さんは矢野口さんを殺した。

彼女は、状況を無駄なく使い切った。二人の靴が似ていることを利用すれば、被害者の足跡を抹消する一手間だけで、藤原さんが犯人に違いないという自作自演のロジックを組み立てることが出来る。

綾川さんは、殺人をしながら、その解決も考えていたのだ。第二、第三の事件を進行させつつ、うつ伏せに落ちた崖下の死体を事故死と解釈するシナリオを決めていった。

「里英ちゃんのウインドブレーカーを借りて矢野口さんのスマホを持ち出したのもさ、三人が爆弾犯だったってことを示す証拠が欲しかったからなんだよね。それがないと、藤原さんが犯人だっていうことを納得してもらえないかもしれないから。だから、スマホにそんなやりとりが残ってないかって期待してたんだ。

それに、藤原さんが黒幕だっていう筋書きを考える必要もあったし。小山内さんが、隠れ場所を確保してた、みたいなやりとりの履歴が見つかったから、そこに行けなくなった藤原さんが、矢野口さんの持ち物を奪って、自分は死んだ風に見せかけた、っていうストーリーが完成したんだ。

そういう情報が見つからなかったら、最悪、藤原さんが二人を裏切って逃げたらしい、って仮説で押し切ろうと思ってたんだけど、でも、なるべく動機までちゃんと説明出来た方がいいもんね。

あと、三人が爆弾犯だってことを、早く里英ちゃんに教えてあげたかった。その方が、ちょっとは安心するんじゃないかなって」

そうだ。殺されているのが犯罪者らしいと知って、わたしの心はいくらか落ち着いた。

殺人計画を進めながら、綾川さんは、ずっとわたしを見極めようとしていた。

島にいる間、そして島を去ってから、大室里英は秘密を守るだろうか？　それを知ろうとしていた。

もしわたしが秘密を漏らすようなら、殺すしかない。綾川さんには奥の手があった。いざとなったら、ボートで一人こっそりと島を出て、起爆装置を作動させればいい。

「――それから、昨日はもう、本当に疲れた。明け方のうちに、藤原さんを殺して、足を切っておかないといけなかったし、その後海に捨てるのも、体力要るし。死体とかガソリンとかボートとか、重いものばっかり運ばないといけなかったから。

それに、別荘で廊下を歩いてる時とかさ、誰かがドアを開けるんじゃないかって、ものすごく緊張した。

でも、みんなちゃんとやってくれて良かったな」

わたしの涙は止まらなかった。

綾川さんは辛抱強く、わたしを慰め続ける。

「私、本当は、死体を海に捨てる作業が終わったら、里英ちゃんに全部事情を話して、秘密にしてくれるようにお願いしようと思ってたんだ。

でもさ、昨日って、結局そんな時間が無かったんだよね。スマホの録音も聞かなきゃいけなかったし、食事の後で話そうかと思ったら、野村さんがパニック起こしちゃったし。

まあ、そんなことしなくても大丈夫かな、とは思ってた。里英ちゃんはきっと秘密にしてくれるだろうって。ね？」

綾川さんは決めつけるように言った。

決めつけは、当たっていた。

わたしはこの事件の真相を、生涯、誰にも話すことはないだろう。

戒律って、本来は、人生を懸けて守るものな訳だもんね。——一昨日の昼、綾川さんは言っていた。これがわたしに課された戒律だった。

これから受験をして、進学して、フリーで身を立てて、それが駄目なら就職して、誰かと付き合って、別れて、結婚して、もしかしたら子供が出来て——、何が起こっても、どこまで行っても、わたしの人生は、この秘密と併走していく。想像すると気が遠くなる思いがした。

それでも、子供のころ、伯父にこっそりお酒を飲ませてもらった思い出と一緒に、わたしはこの秘密を守り続けるだろう。

伯父のことが好きだったのと同じように、わたしは綾川さんが好きだった。

嗚咽《おえつ》を堪えて頷くと、彼女はにっこりと笑った。

綾川さんは、ポケットからスマホを取り出した。

彼女のものではなかった。起爆装置だった。

おもむろに、綾川さんは切り出した。

「里英ちゃんさ、もし私が島を爆破しちゃったら怒る？　多分大丈夫だと思うんだけど、念を入れておきたいんだよね。もしかして、地下室に私の髪の毛が落っこちてたりとかするかもしれないし」

返事を予期した質問だった。

嫌とは言えない。わたしの心境は、もはや共犯者に近い。もしかしたら、伯父が爆弾に関わっていたかもしれない、とも言われている。彼女と同じように、わたしも一切の事件の痕跡が消失してしまうことを願っていた。

四日前、荒れて犯罪者の根城と化した島に着いた時、わたしは幻滅した。こんなことなら、島は思い出の中にだけあれば十分だ。——その思いは、図らずも実現することになった。

「——大丈夫です」

「そっか。ありがとう」

綾川さんは、スマートロックの管理アプリを開き、躊躇なく、解錠のボタンをタップした。

あまりにも当然至極の手際だったので、一瞬、その意味を理解するのが遅れた。

慌てて、船尾の方を振り返った、その時。

すでにはるか小さくなっていた島影から、相次ぐ爆音と共に、島よりはるかに大きい黒煙が立ち上った。

海が割れた。

モーセの逸話を思い出さずにはいられなかった。爆発によって生じた波は船まで伝わり、大きく揺れた。

その揺れに乗じて、綾川さんが起爆装置を海に投げ捨てるのを、わたしは見逃さなかった。

もはや、真犯人を示す物的証拠は、何もない。


足音がした。

爆音に驚いたみんなが、船室から甲板に駆けてきたのだ。

「うわっ！　藤原、本当にやったのか！」

草下さんが叫ぶ。

野村さんは、スマホを耳に当てたままだった。妹さんに、彼女は放心の呟きを漏らした。

「ねえ、今の音、聞こえた？　島、本当に爆発した――」

気抜けするような野村さんの一言をきっかけに、みんなは奇妙な笑いに包まれた。

「助かった！　助かりましたよ、本当に！　危なかった！」

沢村さんは海上に大声を轟《とどろ》かせ、そして笑い続けていた。自分たちが無事なのがおかしくて仕方がない、とでもいうようだった。

父は、綾川さんと、涙の跡の明らかなわたしに目を向ける。

「あ――、また娘の面倒を見てもらってたみたいで。申し訳ないです」

綾川さんは笑顔をつくる。

「いえ、全然。里英ちゃん、ずっと犯人が分からないままで本当に怖かったと思うんですけど、やっと島から離れて、我慢してた涙が出たみたいで――」

嘘だ！　全部嘘だ！

心の中でそう叫んだ。

「――でも、もう安心したみたいだから、大丈夫です。私も、三日間、里英ちゃんがいてくれて、本当に助かりました。そうじゃなかったら、心細くて到底耐えられなかったと思います」

これはあまりに白々しい嘘なのか、それとも本心なのか、分からなかった。

「そうだ。これ、返すね。ありがとう」

綾川さんは、着ていたウインドブレーカーを脱ぐと、わたしの肩に掛けた。まさにちょうど寒さを感じ始めたタイミングだったのが、空恐ろしかった。

何も知らない父は、その光景に妙に納得した。

「里英、平気なの？　ちょっと、警察に説明したりしないといけないこともあると思うけど、でも、帰ったらまた、元通り暮らせるはずだから――」

「うん、分かってる。大丈夫。受験もあるんだし」

そう答えると、綾川さんは満足げにわたしの肩を撫でた。

＊

船が港に着くまでの間、綾川さんの身の上話を聞いた。

意外だったのは、書類上の彼女が結婚していることだった。綾川というのは旧姓で、新しく始めた観光開発会社の仕事では、そちらを名乗ることにしているのだという。

夫は行方不明らしい。不穏な話だけれども、彼女はまるで気にかけていないようだった。

「言ったっけ？　私、勝手に人を好きになって、期待して、それでがっかりすることが多いんだよね。でもね、里英ちゃんには本当に会えて良かったな」

過去に好きになって、期待して、がっかりした人というのが誰なのだか、その人がどうなったのか、彼女は言わなかった。


事情聴取だとかの厄介ごとが済んで、新幹線でようやく東京に戻った。

道中、わたしが綾川さんと連絡先を交換するのを見て、父は娘に友達が増えたのを素直に喜んでいた。

彼女とお別れをしたのは、品川駅である。

雑踏の中。綾川さんは立ち止まると、わたしの眼《め》を見つめた。

「――じゃあ、さよなら」

それは言い慣れた様子の、あまりにそっけない挨拶だった。

2023年8月7日　第1刷発行
2024年10月29日　第8刷発行

著者　夕木春央《ゆうきはるお》
発行者　篠木和久
発行所　株式会社講談社
〒112-8001
東京都文京区音羽2-12-21
電話　［出版］03-5395-3506
［販売］03-5395-5817
［業務］03-5395-3615
本文データ制作　講談社デジタル製作
印刷所　株式会社KPSプロダクツ
製本所　株式会社国宝社

装画　影山徹
図版　三村晴子
装丁　小口翔平＋畑中茜（tobufune）

KODANSHA

N.D.C.913 294p 19cm
ISBN 978-4-06-532687-9

十戒《じっかい》

夕木春央（ゆうき・はるお）
2019年、「絞首商会の後継人」で
第60回メフィスト賞を受賞。
同年、改題した『絞首商會』でデビュー。
著作に『サーカスから来た執達吏』
『時計泥棒と悪人たち』がある。
『方舟』で「週刊文春ミステリーベスト10
国内部門」「MRC大賞2022」第1位。

本書は書き下ろしです。
この物語はフィクションであり、
実在するいかなる場所、団体、個人等とも一切関係ありません。
引用　『聖書』（日本聖書協会発行）旧約聖書 出エジプト記 第三十四章 十節